還沒聽見我愛你

Haven't Heard You Say You Love Me.

AUTHOR／H

目錄

CONTENTS

自序

二〇〇六年開始，在雅虎時尚頻道上，我開始了每週一篇的短篇專欄。在這段時間內，許多人為我打氣，許多人留言，成為了我出書的動力。

我的本業是品牌經營，我的興趣是電影，而我最常做的事情卻是寫故事。沒有什麼名人加持，也沒有什麼藝人推薦，這本書的好與壞，我想，只有看過我文章的人最清楚。

不是想趕部落客出書的風潮，也沒有什麼特別的目的，我想，出書的本質，只是希望更多人可以因我的文字，而體驗更多種人生。

如果我的文字，可以帶給你那麼一點感動，我已經滿足。

我是H。

歡迎進入我的愛情小說世界。

01 還沒聽見『我愛妳』

當我浮在半空看著自己的身體被火化後，我確定我已經死了。

我不確定的是，為何我還待在這裡。看著因為我離去而哭到休克的母親、看著那群在我靈前哭得不可自拔的姐妹淘、看著平時對我漠不關心的親戚面容哀肅的行禮，我不了解生命中大循環的邏輯為何。

但我知道我注意著你。

你幫著我家人處理我的後事，不發一語，看起來沒那麼哀淒。就像平常一樣，

你還是面帶著微笑，不疾不徐地按照你的步伐做事。

我沒看到你哭。

也許鬼魂理應沒有感受，但我察覺到我的難過。

回想出事前在遊覽車上我倆的對話。

我說：「大寶，我們交往這麼多年，我似乎沒聽你說過『我愛妳』這三個字……」

一同坐在後座的你，假裝沒聽到似的，挖了挖耳朵。

「我喜歡爵士、你喜歡搖滾；我喜歡吃青菜、你只喜歡吃肉；我喜歡文藝片、你卻只喜歡動作片；我希望你瘦點，你卻挨不了餓……」

你表情尷尬地微微苦笑，讓我更不高興。

「重點是，我喜歡聽情話，你卻不說『我愛妳』……」我幾乎提高了三倍的音量吼著，只見全車的人都回頭看我們了。

只是，在我說完那句話後，遊覽車翻覆了。

不知道在哪裡看過的資料寫著，人死後如果靈魂還留在人世間，代表著宿願未了。

我想這就是我還存在的原因了。

因為還沒聽見你說『我愛妳』。

於是我跟在你身邊，看著你到大學教課、看著你下課、看著你到圖書館看書、看著你到電腦教室偷閒、看著你回家、看著你吃飯、看著你戴起耳機聽你的音樂。

但，一切都和我還在的時候沒有兩樣。

一直到這天。

你一如往常在同個時間點回到家，簡單休息後，點開了Netflix。毫無意外地進入動作片分類區，而我則是在你背後不停喊著要你先看看文藝類別。

「大寶，先看這個啦！」我知道，你聽不見了。

詭異的是，你這時移動了滑鼠，點進了我喜歡看的。只見你好像盲目地搜尋著，最後竟然選了當時看到一半你就睡到打呼的《麥迪遜之橋》。

我心裡感到一絲溫暖。你終於願意回憶我了嗎？

之後，你登入了電子信箱，收了信、使用通訊軟體。吃完飯後，洗了澡，穿上了那件我很久沒看到的 T-shirt，戴上了耳機。

嗯？那件 T-shirt……是兩年前你說太胖穿不下的衣服，現在……竟然穿得下了……我這時才注意到，你的雙頰整個都凹陷了，你瘦了……

我驚訝地飄到飯桌去看你的晚餐，才看見一盤又一盤的青菜……

靠到電腦桌前，這幾天我都沒有注意你與誰交談、回覆誰的信件。沒想到，通訊軟體的聊天視窗是我，而最後一則訊息時間是今天下午三點多左右……

電腦教室！我這下恍然大悟，大寶每天下午到電腦教室用我的帳密登入，留言給他自己，然後晚上回家再用自己的帳號回覆。

每天都假裝與我對話著。

如果說鬼魂是沒有感覺的，但為何我這時卻感到眼眶發熱。

大寶帶著耳機躺在床上，看起來就像是已經睡著，只是我很清楚地看到，他的眼角流著淚。

這時，我貼近耳機，聽到了裡頭傳出的音樂，是我最愛的爵士樂。

同時，我也聽到了，你用你的方式說出的……『我愛妳』……

我的身體逐漸透明著、意識逐漸模糊著……

我知道這次，我是真的要離開你了……

後記

這篇文章的靈感，來自於自己對死亡的想像。

我常想像自己死亡後，有多少人會流淚、有多少生前看不出對我關懷的人，會在我死後，展現出那麼一點點惋惜。如果有，我想我會看到，而我會在那個世界，因為這樣的事情，備感開心。

相對的我也會想，如果有些人就算是我死了，他也不會流露出任何一點點的感情差異。我真的很想觀察，讓我用亡魂的身分觀察，二十四小時貼身地看，這些人，都是用什麼樣的方式，表達著自己的感情。

我相信，我會看得到。

還沒聽見我愛妳，其實已經聽見。

人生中，有多少事情不是用五感能夠判斷的呢？尤其是感情。

02 死亡筆記本

「George。二〇〇七年七月十四日，下午六點十五分於約會第三次時，沒有察覺到我不想要看變形金剛，而是哈利波特續集，擅自訂了電影票，死亡……」

我坐在華納威秀的美食區內，趁著男伴上廁所的空檔，在我自己的「死亡筆記本」上面，寫下這麼一段話。

十分鐘後，我正式告訴他，我不去看變形金剛，自己買了哈利波特的票，並

且宣告，這段戀情，死亡。

是的，我擁有的「死亡筆記本」和漫畫版本不同，是記下了我數以百計的短暫戀情告吹的原因。

我不是處女座（不過我的星盤上似乎有個處女座），也不過二十八歲，但我卻經歷了上百次的戀情，重點在於，我很挑。

好朋友兼同事的 **Elva** 常問我為何這麼挑，又不是挑老公，但我就是沒有辦法違背自己的感覺。我要的不多，只希望對方適合我，只希望對方和我匹配。

我自己總覺得，我學歷高（比我小主管 **Ruby** 還高）、身材高挑（腿長又白）、有幽默感（把分手這事情當死亡筆記本來玩，夠幽默吧！）我實在不能容忍自己去屈就一個條件不怎麼樣的男人（這種感覺，我想是你們這些條件不好的女人死也不會懂吧）。

我講究打扮、注重氣氛、強調靈感、重視溝通，因此口才拙劣、沒有品味的男士，很容易在一週內便榮登我的「死亡筆記本」之中。

當然，身為設計師的我，對自己的工作有著高度的驕傲以及對美感的自信。不過我會設下這些條件，自然也是身邊看過這樣的男人。

我的主管Cash，一個天才設計師，身高一八三公分的創意總監，不管哪個方面都是我最理想的對象。

目前三十三歲的他，在我生活中的角色實在是太搶眼了，無論和哪一種男性出去約會，只要一想到他，我的心就無法放在眼前的男人身上。

我知道，這叫做暗戀。但，以我這麼高姿態的女人，怎麼會承認這種事情呢！但是要轉移對一個人的喜愛，最快最好的方法，就是找到另一個人，讓他完全取代，因此我不斷地約會、出遊，而我的「死亡筆記本」上的人數也因此不斷增加。

但在這天晚上，事情有了轉變。

這個加班的夜晚，在我收到「理應已經死亡的 George」傳來的不死心短訊之後，Cash 竟然主動邀約我出去喝酒。強忍興奮的我，故意假裝推掉幾個約，一派鎮定地和 Cash 前往夜店狂歡，在看似心情不好的他的帶動之下，以及我對他醞釀許久的熱情爆發後，我們發生了親密關係。

激情過後的旅館內，我們兩個笑著打鬧著，我竊喜著可以偷偷告訴 Elva 我的神奇經歷，讓她徹底了解，我到底追求著什麼樣的男人時，卻發生了尷尬的事情。

我們互相丟著彼此的包包，卻從我的包包內掉出了我的「死亡筆記本」。

Cash 緩緩拿起，笑著看著我。

「這是什麼筆記本呢?是不是有藏著什麼不可告人的秘密呀?」

剎那間我的心頭凝結，就算我再怎麼高傲，也知道我的筆記本會帶給男人如何不悅的感受。

故作平常的我一派鎮定地走到桌邊拿起他的包包，假裝伸手在包包內搜尋著。

「那你又有什麼秘密呢？」我摸到了一本也是類似記事本的小冊子，故意拿在手上。

「你也有把柄在我手上了呀，要不要來交換呀？」我一邊笑著，心裡卻是直冒汗。如果他願意交換，那麼我的醜事，就不會被我最不願意被看到的人看到了。

「隨便拿本筆記本，妳以為我會緊張呀，讓我看看你這裡面寫什麼。」Cash做勢要翻開，我急著大叫。

「那我要先看你寫了些什麼啦！」我笑笑地翻開了他的筆記本，偷偷瞄了他，果然這動作阻止了他翻閱「死亡筆記本」的念頭。

只是，他的筆記本內容，令我更驚愕。

只見上面寫著密密麻麻的女人名，後面還有旅館名稱以及女性身材特質。一看就知道這是他曾經上過床的紀錄以及通訊錄。

我快速地翻了幾頁，正驚訝於他閱人無數之時，卻看到了熟悉的名字。

我相信我這時候嘴巴有點發抖。

「Elva……是我好朋友耶……Ruby……有老公的……」

只見 Cash 一副理所當然的樣子。

「我的條件比較好……這也是理所當然的事情吧！」

他繼續露出了他那迷死人的微笑。

「妳要不要順便把妳的名字寫上去？哈哈。」

我上前一把搶走他手上的「死亡筆記本」，全身顫抖著走出了這個旅館。

六神無主的我上了計程車，一邊流著眼淚，一邊將筆記本一頁頁撕毀。我的價值觀隨著他在我心裡形象的崩解也一塊塊地碎裂。

忽然，我看見那個「理應已經死亡的 George」坐在我家門口。一臉懊悔，他一見到我就急忙上前迎接。

「Emma，對不起、對不起，我知道妳想看哈利波特，都是我不對……」

這時候流著眼淚的我，卻不禁笑了。

「沒關係，我們去看變形金剛吧……」

後記

很多網友留言說，變形金剛真的比哈利波特好看。關於這一點，我無法給答案。

這就像是，我覺得 George 會是個好男人，比起 Cash 來說的話。

但是，沒看過變形金剛和哈利波特兩者的人，沒資格做比較。

沒有和 George 及 Cash 兩人相處過的人，無法做比較。

身邊很多這樣的年輕女性朋友，到了一定的年紀了，卻還是無法有穩定的感情，不是她們自己的條件不好，而是找不到符合自己設定條件內的男人。

問題是，符合條件的男人不見得好，而條件外的男人也不見得壞。

勇於去嘗試，並且認真經營自己的感情，每段感情都有可取之處。

我相信 Emma 之後還是會很挑剔，只不過，她挑剔的重點，可能在這次事件之後，慢慢的會改變。

03 戀愛規律

第七天，你會收到分手的簡訊。

這不是鬼來電、不是貞子的死亡預告，而是我男友的戀愛規律。

認識阿倫一年了，對於在廣告公司寫文案的我來說，一個沒有固定上班時間的專欄作家，實在是一個不錯的交往對象。他不會在五點半或六點準時地在公司樓下等我，給我壓力；不會對於我一個禮拜加班六天的工作加以韃伐。最重要的是，對於我在每一個句子的挑剔上，他更是樂在其中。

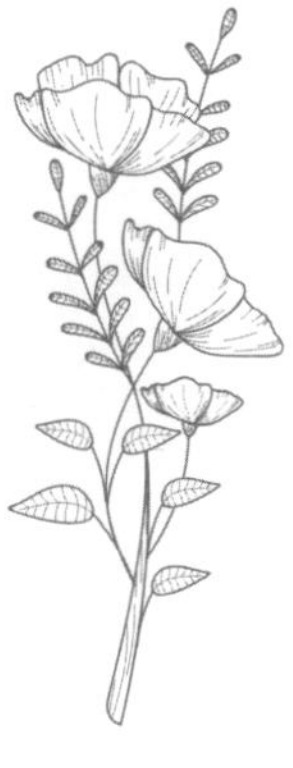

就算一個月只見到一次面，我們兩人還是可以在一分鐘內熱絡得像對熱戀情侶，總是無話不談。

雖然如此，我心中卻有陰影。

從事廣告創意工作，需要更開闊自由的思考邏輯，然而對於婚姻這件事情，卻是我多年談戀愛以來的死穴。

倪匡先生在多年前寫的科幻作品，一部名為『規律』的小說中提到。一名德高望重的科學家，因為收到了一堆錄影帶後離奇自殺。原因是錄影帶裡面紀錄了他近幾年來每天的生活，赫然發現，他的生活一直都在某種規律中度過。科學家無法接受自己的生命是如此規律，終於自縊。

我發現，我的戀愛亦然。

太嚮往婚姻生活的我，有一句禁句（猶如幽遊白書中的能力），只要我提出

『我們結婚吧！』，沒多久我必然被分手。偏偏，我又很愛提。

紀錄如下：

二十二歲那年大學畢業的我，與交往三年的男友提出，一個月後分手。

二十五歲那年進廣告公司的我，與交往兩年的男友提出，三週後分手。

二十七歲那年跳槽到外商廣告公司的我，與交往一年的男友提出，兩週後分手。

三十歲那年升官的我，與交往八個月的男友提出，十天後分手。

我今年三十二歲。

我知道我不能說出口，可是上週五與他吃完飯、喝著紅酒時，幸福的酒意作祟，我還是脫口而出了。

他笑笑地沒有回答，讓我以為不會有什麼大問題。我心想：「不結婚就不結婚吧，也不需要改變什麼現狀吧。」

問題發生在那之後的幾天裡，我找不到阿倫了。

不知道是剛好沒接到電話還是怎樣，總之，我找不到阿倫了。

為了分散對這事情的注意力，我提早下班，找了以前的朋友吃飯聊天。在等待友人的同時，我拿出了登載阿倫專欄的雜誌，呆滯地看著。

「看什麼這麼出神呀？」大學同學 Donna 已經到了。

「ㄟ，這個人的專欄也有人看呀，哈！」Donna 大笑著說。

「妳知道這個作家？」我忽然冒出冷汗，我驚訝地問著。

「作家？稱不上作家吧，無業遊民一枚，以前是我室友的男朋友。」

有沒有這麼巧！

「妳室友和他交往過？那後來呢？」

「很久以前的事情啦。五年前吧，交往了差不多一年，後來我室友問他要不要結婚，他忽然就消失了。一個禮拜後，她收到他的信，說他的情況不適合結婚，就沒了……分得莫名奇妙，害我室友難過好久……」

這頓晚餐的記憶，只維持到這段話以前。

回家後我開始回想，我怎麼認識他的，還有沒有他的朋友是我認識的。我趕緊打電話給業務部 Andy，當初是他找來一群人吃飯喝酒，我才認識阿倫的。

「你說阿倫以前喔，以前交往的我不知道，在和你之前那個女友也是感情不錯，不過似乎是對方向阿倫提出結婚的要求，阿倫消失了一個禮拜後，給了封簡訊，就結束了。」

又是一個禮拜！

我的腦中忽地出現廣告稿的排版與文案。

大標：第七天，你會收到分手的簡訊。

小標：正宗日本恐怖電影，受詛咒的戀愛規律。

畫面則是我驚恐扭曲的臉，倒映在手機螢幕上……

這叫雙重保險。

我的戀愛規律是一說結婚就分，他的戀愛規律是一被提結婚就分。

這時我驚覺，今天是星期五，正好一個禮拜，而現在是晚上十點多。

也就是說，命運的簡訊應該快到了。

「嗶！嗶！」客廳電子鐘十一點準點報時叫了幾聲，嚇得我心跳幾乎暫停，但可怕的事情在後面。

阿倫的簡訊來了！

我用顫抖的手指點開訊息，心裡則是不停地安慰自己。

「還不就是這樣，沒什麼好難過的，我早就知道了。」雖然如此，手機螢幕呈現散光的疊影，讓我知道我的眼眶已經泛淚。

「親愛的，我現在的狀況，實在不適合結婚……」讀到這裡，我已經滿臉淚水，明知道就是這樣的規律了，我還是忍不住替自己難過，因為，我真的很喜歡他。

我難過地倒在床上，不停地哭著，腦中浮現七夜怪談裡，菜菜子發現自己看過錄影帶後的畫面，不停哭著、哭著……

這時手機響了。

「喂，Mandy，我是阿倫。」

「…………」我不想讓他聽出我的哭聲，只好忍住不出聲。

「我不確定妳收到簡訊沒，但我很想讓妳知道，一定是妳讓我破除魔咒的……」

「咦？」這是怎麼回事？我趕緊把手機拿到眼前，用淚眼看完那段未讀完的訊息。

「親愛的，我現在的狀況，實在不適合結婚……過往的女友只要一開口，我就會停下手邊所有事情，希望在一個禮拜內找到正職工作。因為那樣，我才有資格結婚，但，都失敗了，可是我今天，找到工作了！」

看完之後，我傻了三秒。然後，繼續地哭……邊哭、邊笑……

後記

身邊有很多朋友，不斷重複著相同的戀愛模式。諸如不停地和有婦之夫交往、總是喜歡上遊手好閒的無賴男、不斷地被劈腿……只想對大家說，那不是什麼規律，只是真命天子未到罷了。

我自己也曾有過類似的經驗。

比如說，我愛上的女人，一定是別人的女朋友；或者是，我愛上的女人，家教一定很嚴，家長一定不同意我們的交往。

我堅稱這是魔咒。

幾十年過去了後發現，也不過就那一、兩次，人都會改變的。

如果只是因為這樣無聊的藉口或是理由，不去努力經營自己的感情，那才是最令人無法接受的。

堅持到底，真愛所至。

04 死心眼

認識他那一年，我十四歲。還在與髮禁對抗，每天試著在那清湯掛麵的髮型上，增加那麼一點點變化。而他，已經是整個國中最有名的不良少年。

為了替一個在路上被他校男生欺負的女學生，他一個人站在我面前，與七個國中男生大打出手。我沒想過，一場架，讓我徹底地愛上了這個男生。

在那之後，我天天幫他帶便當，也不管別人的眼光。我自己覺得，我就像是國中課文的紅拂女一般，挖掘到了一個會成功的男人，而我，會是他背後的女人。

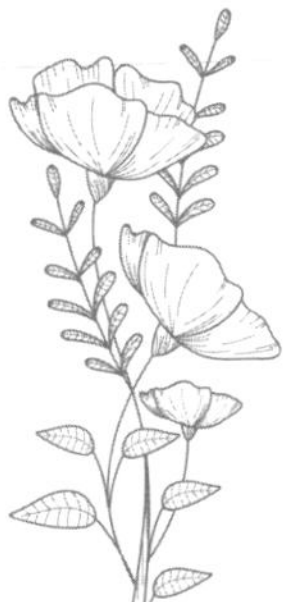

我到他家中照顧他唯一的老爸，也慢慢了解他的生活，除了讀書之外，他還要打工養活家裡。他老爸總是在我面前誇他，而我，也樂得附和。

這樣的生活一直到了國中畢業。雖然沒有正面承認過，但我相信，慌亂中牽起我的左手，急忙過馬路的那一瞬間，已經默認了我們的關係。

我上了女校，他開始去當學徒。修車廠的學徒每天都有很多雜務，而我還是每天幫他帶便當。

上了女校的我開始戴起隱形眼鏡，頭髮也留長了。班上同學總是戲稱我為班花，好幾次聯誼都要我與他們一起出門，但我都拒絕了。

我們總是在他下班後一起談論著人生的事情，雖然他沒有吻過我，但我心裡已經默許，自己是他的人了。

後來我考上了台北的大學，他卻還是留在基隆修車。

有機會可以自己住宿的我，卻選擇了通車，原因無他，只因為每天上下學，我都還是可以經過他的車廠，看到他的臉。

大四要畢業前夕，事情發生了。

我一如往常搭著公車，經過了他的車廠，卻看見他被一群小流氓拿著鐵棍以及開山刀追打。

我緊張地下了公車，奮不顧身擋在了他的身前，這時候流氓群才停了手。

「欠債還錢，天經地義。」小流氓話不多，足夠讓我知道事情的始末。

看著渾身是血的他，我不禁納悶，怎麼會欠錢。

「修國，你欠他們錢？」這時我心裡已經在盤算，我銀行戶頭裡有爸媽幫我存下要出國讀書的一百五十多萬。

「嗯……我爸生病，需要錢……」修國的眼神不願正面看我，像是覺得自尊受到了污辱。

我毫不猶豫地到了銀行，領出一百多萬，幫修國還清了債務。

修國並沒有多說什麼，我心想他是個木訥的人，也就去上學了。

一個禮拜後，我到了他家想要探望他父親，卻發現他父親的精神狀態極佳，看起來絲毫沒有生病的跡象。

「伯父，修國呢？」

「唉，他進勒戒所了……和高利貸借錢去買毒品，後來又被警察抓到。這孩子……」

「那伯父，你的身體？」

「我？我身體很好呀！也都沒什麼感冒呢！」

我心想，修國應該是交到壞朋友了。

兩個月後，我接他出勒戒所。修國在裡面胖了點，看起來精神不錯。

「修國，你還要回車廠上班嗎？還是有什麼打算？」我們兩個在海邊看著夕陽時，我故作不經意地問著。

「我想要自己開個車廠……」夕陽的餘暉照在修國臉上，讓這句話聽起來說服力十足。

「很好呀！」

「可是我沒有錢……」雖不意外的答案，但是我心裡卻對修國的念頭感到很欣慰。

「錢讓我來想辦法吧！」

之後我用了現金卡以及信用卡，再加上跟幾個好朋友借了些現金，湊了一百萬左右，我將錢交給了修國。

「這樣，你就可以擁有自己的車廠了吧！」

為了還這些卡債，畢業後，我開始了一天兼三個工作的生活，雖然辛苦，但是只要想到修國可以努力打拼，我的嘴角就會不自覺得地露出微笑。

只是，這樣疲勞的生活過了三個禮拜後，某一天晚上我在打完工回家的路上，經過了修國家附近的巷子。

我聽到了修國的聲音，一種近乎呻吟的聲音，好奇的我走進了巷子，卻發現修國，滿臉眼淚鼻涕的，全身發癢似地扭動著。

「修國，你、你不是……戒了毒癮嗎？怎麼現在……還會……」我趕緊將修國帶回他家中，修國的父親則告訴了我真相。

「妳幫他湊的一百萬，他又跑去買毒品了……妳，不要再理他了……」

我並不失望。我相信我看上的男人，不是這樣就倒下的人。

只不過時間過了不到一個月，修國主動的出現在我面前。

「我為了想要還妳那些錢，我去了賭場，結果，輸了更多錢……我欠了地下錢莊三百多萬……」

我相信修國想要翻身，我想幫他。

於是，我在我上班的銀行裡面，偷偷地挪用了四百萬，交給了修國還債。只不過，三天後，我被查出盜用公款，遭到公司起訴，進了監獄。

這段時間內，修國沒有來看過我，我只記得他拿到四百萬時，他對我說的話。

「我一定會白手起家，買一棟房子，把妳娶進門。」

我每天都想著，這段話……

三年後，我出獄了。

我走到修國的家，卻發現他們早已經搬走了。問了鄰居之後，我找到了他們給我的地址，那是一間獨棟透天別墅。我的心情有點激動，因為修國，終於成功了。我站在對街，眺望著這棟別墅，卻看見一個女人，走了出來，在她身後的是個抱著小孩的男人，那是修國……

從小到大不曾對他失望過的我，在這個時候，雙腳一軟，跪坐在馬路邊，我的眼淚飆了出來。我的人生，從頭到尾獻給了這個男人，結果我落得如此下場。

這時候修國注意到我了，他的表情似乎也很激動。他將小孩交給了身邊的女人之後，緩緩地朝我走了過來。

修國看著滿臉淚水的我，輕聲地說。

「那是我車廠裡面師傅的老婆跟小孩……我實現了我的承諾……」

一時之間，反應不過來的我，哭得更淒涼，一直哭到修國蹲下來，將我抱住。

我才體會到，我的死心眼，總算有了回報……

後記

記得在網路上寫文章的時候，大多數的網友都要我給他們好結局，好結局。

有時候真是感到無奈，因為畢竟，人生，不如意事情十之八九，老祖宗都這麼告訴我們了，又何必強求呢？

只不過，我個人也是非常相信因果循環的。

我確信，一件再怎麼樣不可能的事情，只要有心，它都會有實現成功的一天。

感情亦然。

這在我寫文章的分類裡面，我將其歸為童話。

事實上，這本書裡面不少童話。

但是大家愛看童話。

我只是想說，童話，有一天也有可能變成真話。

端看你相不相信了。

第 05 三者

推開他的手以後，我應該沒有回過頭吧。

在 Neo19 前面、當著許多人面前、當著許多值班的計程車面前，他和牽著手的我正開心地要走過馬路，前往我最愛的 Gucci 專櫃。

我和他交往十個月了，這段時間內他一直對我很好，一直誇著我在人事部門的工作表現，一直對我喜歡爬山的嗜好感到驚為天人。

在我平凡人生的二十九年裡，從沒期望過我剪個瀏海會有任何人注意；從不

預期有人會故意製造驚喜給我；也更沒想過，我內衣的釦子會由別人解開。和男生說過這麼多話的經驗，除了國高中時期搭公車時，一直不小心遇到的那個男生以外，他算是最多的。

而他就像是海格走進了哈利的生命一般，替我帶來了一連串人生的驚奇。甚至聊到了婚姻。

有時候自己搭公車想到，這樣的男人一旦成為自己的老公，然後由自己嘴巴介紹給朋友的情景時，我竟然在車上開懷地笑出聲來了。

也許就是這樣，我喜歡看哈利波特不是沒有道理的，人生就是和童話故事這麼像呀。

「林X漢！」忽然我聽到有人大聲叫著他的名字。

循著聲音轉過頭，我看到了一個全身名牌的婦人，帶著一個小男孩。

「你朋友呀？」我微笑地問著他。卻不知道這一切正是『那個人』出場毀滅霍格華茲的惡夢開始。

施展魔法的手，在這時，悄悄地鬆開了。

一瞬間，他走向婦人與小孩身邊，我似乎驟然看到，一張全家福照片，被我的瞳孔快門，清晰拍下。

我跟上前走了幾步，卻被『那個人』震懾的眼神定住。

「對不起，那個人……是我老婆，我和妳……只是朋友啦！對吧？對吧？」

他的手試圖放在我肩上安慰我，卻被我本能地推開。

推開他的手以後，我應該沒有回過頭吧。

我像極了嘴巴裡面不停吐出蟾蜍的榮恩，臉色白一塊紅一塊、半跑半走著，看著值班排列的一堆小黃，我恨不得騎上飛天掃帚迅速離去。

誰知道後面一台排班的小黃插隊殺出，只為了搶載我這個失意落魄的第三者，我作夢都沒想過，我竟然成了人家婚姻的第三者。

坐上了插隊小黃，我一時間說不出話來，眼淚已經流了下來。司機先生很體貼，不問什麼就往前面開去。

我難過地哭著、抽搐著，甚至最後趴在後座完全失去自我狂嚎著。

一段童話故事，就這麼瞬間崩解。最令人難過的是，在現實的劇情裡面，我扮演的是第三者，而就在『那個人』出現以前，我一直以為我們之間不會有第三者。

我三十歲生日即將到來之際，失去了我這輩子最親近的男人、失去了講過最多話的男人。腦袋一片空白到，我想起了那個高中時期一直和我講話的男生，也許，這輩子裡面，真心想要和我說話的人只有那個男生。其他人……都是假的……假的……

過了不知道多久，車子停下來了。

「我……是人家的第三者……你知道嗎？司機先生。」我真不知道自己已經歇斯底里到了這個地步，抓了個陌生人也可以吐苦水。

司機戴了一頂運動帽，從後視鏡的反射看來，他的眼神帶著點同情、無奈。

「第三者不見得不好，十分鐘以前我也算是。」司機先生說了句奇妙的話，讓我停止了哭泣。

「現在呢？」我好奇地問著。

司機先生微揚的嘴角，說著：「妳和他分手了嗎？」他慢慢地拿下了運動帽。

我開始感到驚訝他那熟悉的聲音。

「分了吧，我不當人家第三者的……」這時我看到他的司機證，有種懷念的感受……

「那麼，我現在就不算第三者了！妳應該沒搬家吧？從高中到現在。」

看著窗外，是我沒告訴他目的地的我家門口。

看著他的眼睛，我終於知道他是誰……

後記

本來這小說要講的概念，在故事中可能沒有說清楚，在這邊我自己提出來說明。

我認為每個人都可能是第三者，因此要重新好好思考戀愛的定義。

一對相戀的男女，應該是男方對女方或是女方對男方，都認為彼此是這世上最愛的人。這時有人想要介入，我個人認為，並不是因為這個人想介入，所以他是第三者，而應該說是，這個人對男方或女方的影響力都還不夠替代，所以他是第三者。

換句話說，只要男女雙方某一方在某個瞬間變了心，或是愛意有增減的情況下，那個後來出現的人，成為某一方在這世上最愛的人時，原先的男方或女方，也在那一瞬間，成為了第三者的角色。

講得更極端一點，愛情裡面，根本沒有所謂的第三者。

當你已經不是對方在這世上的最愛時，你的角色和一般人一樣，毫不重要。

這樣說明不知道大家有無同感呢？

06 愛。牽手

「我有一種超能力，沒跟別人說過……」

他半信半疑地看著我。

「什麼？」

「只要讓我牽你的手，我就可以知道你在想什麼……」

他眼睛忽然張得老大，像是看到怪物般，急忙將閒置在我手指附近的手抽離。

在那之後，我沒碰過他的手……直到我們分手。

這是我的上一段感情。

從十七歲我的第一段戀情開始，我就常常身陷在曖昧情愫中，每天摘著花瓣幻想對方的心思。他愛我、他不愛我、他愛我……這其中經過了單相思與曖昧，以至我好不容易起頭的第一段感情。

說也奇怪，可能是因為太想要知道對方心意，與當時青春期的賀爾蒙結合引發突變，當我的初戀開始時，同時也發現了我的特異功能。

那就是『只要與對方牽手，我就可以知道對方心意』。

這個奇特的能力在我第一次牽手時，就從他的指尖感受到他進一步的慾望，使我本能反應地賞了他一個巴掌。

當然，我的初戀，就在第一次約會的第一次牽手後的第一次巴掌聲中結束。

之後，我去看了醫生。皮膚科、神經科、心理科……只要是想像得到的，我都去看了。

我無法了解，一個天蠍座B型的女生、一個住在新北市的女生，到底是哪一點出了問題，產生了這種異變。

不過，隨著第二次、第三次的戀情，我也漸漸嘗到了好處。

曖昧期間牽著對方的手時，我從手掌知道他對我有多疼愛，那種甜蜜感動，恐怕是我無法用注音輸入法打得出來的。

直到遇到了上一個男朋友。

在交往的一年當中，我只在最初牽過他的手一次。當初的感覺是甜蜜的，他是愛我的。

但過了幾個月後，我們見面次數漸漸少了，我也從別的朋友口中聽到了他劈腿的消息。

我要查證！

我試圖在我們見面時牽他的手。但感情淡了的時候，連這麼單純的動作，也做不到。

於是我直接告訴他，我的能力。於是我們分手了。

被這樣劈腿的一個月後，我認識了現在的他。一個溫和大方的男孩子。雖然他對我非常好，但不知道是我被劈腿後的陰影作祟，還是什麼色鬼上身，我竟然趁他去出差的時候，也開始劈腿。

就這樣劈腿的狀態維持了三個月。

在這三個月內，我和他很少見面，打電話我也故意愛理不理，明顯地感受到他對這段感情漸漸地失去了熱情。

我心想，只要他對我的感情也變淡了，那麼就這樣結束掉這段關係，對雙方也都沒有什麼傷害。只要我和他牽手就可以知道，他對我還剩多少熱情……

於是在一個平凡的夜晚，我若無其事約了他逛街。

久未見面的兩人，一開始還是各走各的，彼此間的情緒似乎帶著點陌生。

在某一個紅綠燈前面，信號小綠人催促提醒我們要快步通過，這時他才順勢牽起了我的手，一路衝到對面。

那一瞬間，我心裡產生了極大的罪惡感，因為他對我的感情，依然是那麼的強烈、那麼疼惜，而我竟然還期盼他已經對我降溫，好讓我結束這尷尬的愛情。

我心想『這是難得的好男人，我一定要結束另外那段遊戲般的性愛關係，好好與他交往。』

這時，他緩緩地鬆開了手，看著我說：

「我有一種超能力，沒跟別人說過……」

我的腦袋中似乎有原子彈開始撞擊。

「什麼？」

「只要讓我牽妳的手，我就可以知道妳在想什麼……」

我腦袋中的原子彈炸裂……炸裂……不停地……炸裂……

後記

這是我個人最愛的一篇。

原因在於，無法探知別人心中想法的我們，總是用自己的主觀意識，去評斷一切事情，即使是一個，可以得知別人想法的人，也依然如此的主觀。

在愛情裡面，尤其明顯。

認為對方不喜歡妳了、認為對方已經變心了、認為這段感情再走下去，沒有結果……

事實上，太多事情都是自己的主觀認定。

而愛情，是兩人的相處，最忌諱這樣的判斷。

牽手可以得知對方的心思，其實不是特異功能，而是我認為的細節。

如文中所言，當兩人距離變遠時，連最簡單的牽手，都做不到了，更別提到去了解對方心思。

而平常都在注意細節，注意這種最微小的接觸，我相信，就算沒有特異功能，
你都能探知，對方的心意……

07 『緣』來如此

「你、可、以、把、你家廁所的水管，修、好、嗎？」我再也耐不住脾氣，大聲地對著樓上嘶吼。

三天兩頭漏水到我的房間，實在很容易激怒我這個三十歲卻還在細數空窗期的女人。

我一直不懂，是否月老忘了配「緣份」給我。

這輩子，我只對一個男人有興趣，卻總是與他錯身。

二十歲那年我和好友 Maggie 隨著遊學團到加拿大，年輕的我相信一見鍾情這種蠢事，在當地的小酒館裡，竟也真的讓我碰到了那個龍袍加身的真命天子。

他叫做 **Jack**。一個小留學生，小二那年隨著爸媽去了加拿大，從此就在異地成長。

我第一眼就喜歡上他。

原因可能在於他出面制止了調戲我們一群台灣女生的老美壯漢；原因也可能在於他撞傷了額頭，不顧自己血流不止的傷口，溫柔地關心著我們幾個女生的安危。

「妳們沒事吧？」

那句話之後，我在自己心裡發誓，我要在這男人身邊。

只不過，隔天我們就回台灣了。

大學畢業後，我立刻領出我戶頭裡面所有的錢，前往加拿大留學，目的無他，只為了再見他一面。

小酒館依然存在，但 Jack 卻已經不在那邊工作了。我從酒館的人口中得知，他回台灣了。

這美麗的錯過讓我無奈地留在加拿大完成我的學業，畢竟學費都付了。

幾年過去，就在我要回國的前幾天，Maggie 從台灣打來了電話。

「妳知道我遇見誰嗎？」

「誰？」

「Jack 呀，加拿大小酒館的 Jack！」

喜歡 Jack 一直是我心裡不能說的秘密，於是我故作鎮靜。

「是喔，那他在幹嘛？」

「沒說耶，路上遇到，只說他現在回台灣工作了，住在台北。」

我的心，一下子又被拉回台灣，只因為，我太想再見到他了。

二十七歲那年，我回到了台灣。

依據 Maggie 說的線索到了大安路，我不停地在大安路上來回地走，平日也去，假日也去，為的就是追尋那微乎其微的機率。

奇蹟，在大安路上，出現了……

「Jack……」我看著他，緩緩地吐出他的名字。

他看著我，溫柔的眼神依舊，卻說出陌生的言語。

「請問妳是……？」

我當然不能怪他不認得我，於是我極力想要喚回他的記憶。

「七年前在加拿大的酒館，你幫了我們一群台灣人……」

Jack 的眼神散發出光芒。那一刻我覺得，記憶，真是件美好的事情。

「啊！是妳，我想起來了！」這時他看了一下自己的手錶，急忙地從口袋中遞出一張名片給我。

「不好意思，我現在急著要去見一個客戶，有空來找我，我們喝個咖啡……」

他高大的身影，快速地攔了計程車，揚長離去。

我握著他的名片，心裡感到無限的甜蜜……

「叮咚！」回憶被拉回現實，我的小套房有客人來訪。

「Pizza！」看著穿著制服的送貨人員，我已經有點氣得說不出話了。

「樓上！」砰的一聲我氣得將門重重關起，這個老是漏水又老是將外賣叫到我家的鄰居，實在是讓我非常沒有好感。

那一年拿到他名片的一個禮拜後，我細心打扮前往他工作的地點。

沒想到，公司關門了。

我找不到任何的線索可以再見到他，我感覺，老天在開我玩笑……

重重關上門後，我的情緒不滿到了一個頂點，我決定去看看這個鄰居到底是個什麼樣沒有家教的人。

於是我綁起頭髮，氣沖沖地走上樓打算理論。

門一開，我僵硬的表情，瞬間軟化。

如果這是老天的作弄，也把腳本寫得太美了，讓我看見我最想見的人……

「Jack……」我看著他，緩緩地吐出他的名字。

他看著我，溫柔的眼神依舊，卻說出陌生的言語。

「請問妳是……？」

我當然不能怪他不認得我，於是我極力的想要喚回他的記憶。

「十年前在加拿大的酒館，你幫了我們一群台灣人……」

Jack 的眼神散發出光芒。那一刻我覺得，記憶，真是件美好的事情……

「啊！妳是 Maggie 的朋友！」他恍然大悟般地說著。

「對！對！」雖然先想起我朋友，至少是想起來了，但我心頭忽然閃過一抹不安……

「阿 Mei，你不是阿 Mei 嗎？妳從加拿大回來後，我們就沒見過面了耶！」

穿著內衣褲的 Maggie 忽然從他背後走出，緊緊拉住我的手，開心地不停叫嚷。

我終於知道，住在樓上的人，是誰……

如果這是老天的作弄，也把腳本寫得太美了，讓我看見我最不想見的人。

後記

有時候寫文章只是想要顛覆某些想法。被傷害的，到最後不一定是最可憐的；一廂情願的，也不一定會得到真愛，世上事情對錯難分，又怎知這個 Jack 不是個酗酒會家暴的壞男人？又怎知 Maggie 的未來，不是個婚姻受害者？

我們的教育中講了太多好的事情，一旦看到壞結局或是不完美的事情，人們總是不喜歡接受。

但如我網路留言常說，當你發現你被劈腿，這其實是好結局。

當你發現對方不愛妳，這其實是好結局。

因為，一個新的愛情，或是一段好的故事，正要在妳身上開始。

寫短篇小說的樂趣也在於此。

也許，阿 Mei 之後會將男人搶過來；也許，搶過來之後才發現 Jack 很糟；也許，Jack 是個同性戀……

種種的一切都有可能，這才是人生有趣味的地方。

08 倒帶

十二月上旬，下著雨的週五夜晚。

在台北客運轉運站，我躡手躡腳上了車，明明外面冷得要死，裡面冷氣卻也從沒輸過。

但，比不上我的心冷。

和阿全一起從台中上來已經是兩年前的事情了。

為了和他在一起，我欺騙了家裡，說在台北找到了一份好工作，而阿全滿嘴

台北遍地的工作機會，卻讓我的第一年都在房間裡虛度。

他所勾勒的雄心壯志，在上來台北後，變成了不停地撞球與喝酒。

到最後兩人的錢用完了，還得要我打電話向家裡要錢。

不過這些都不足以令我難過。

半年前開始，阿全手機裡的訊息開始沒停過，從早到晚都是訊息通知聲，日漸冷淡的相處，都是這段感情變質的痕跡。

某一天我回到家，還碰到一個陌生女子正從我家離開。

我無言以對，我們之間已經到了多說無益的地步，於是我搬出那個公寓，找了個更小更便宜的「雅房」。

孤單的我，開始了一個人的台北生活。

坐在客運座位最後一排也是我們兩個人的習慣，因為回鄉的人多半疲累昏睡，阿全總會在上了高速公路後，對我做出親密的動作，他說這樣才有刺激感。

我一個人坐在最後一排的最右邊位子，看著窗外的雨，無神地發著呆。

漸漸地車內坐滿了乘客，而我旁邊的位子也都有乘客坐下。

車子開始行駛後的五分鐘，我還呆呆望著窗外。

「妳會冷呀，把手放在我口袋裡吧！」旁邊的男乘客細心地對著女朋友說著，讓我想起了阿全從前也是這樣對我說的。

不自覺地我用餘光偷瞄了一眼，驚訝地發現，竟然，就是阿全。

阿全忙著將隔壁女生的手放進他的口袋中，用雙手來回搓弄著，顯然還沒注意到我的存在。

不知怎地，我的火，一股腦地起來，索性將頭撇過去，直挺挺地看著他。

這時候阿全終於注意到我了，我看到他的瞳孔瞬間有些微的變化，卻立刻將頭撇過去，猶如不認識我。

我成了陌生人。

我感覺到我的牙齒緊咬住牙齦的力道，卻發不出任何聲音。

車子上了高速公路。阿全的手直接從女生背後環繞住，穿過她的白圍巾，從前胸伸進女生的衣服內，抓住她的胸部。

我完全了解阿全接下來的動作為何，因為在幾年前，這些動作就有如倒帶般地在我身上重複著。

阿全開始親吻女生的頸部，讓女生陷入一種酥麻的快感中。

全車的人昏睡著，車子不時顛簸起伏著。而我，用力地壓抑著體內的野獸。

一個不經意地轉頭過去，赫然發現，阿全雙手雖抱著女生，眼睛卻是看著我，嘴角露出得意的微笑。

我差點沒昏過去。

一路上我就看著他『全套』表演著我們的回憶。

快到達台中時，阿全的手機傳來了訊息（又是令人熟悉的橋段）。阿全看著訊息，一隻手抓著女生、另一隻手將手機舉得老高，單手回覆。

那女生發覺了（當時的我也是），於是開始抱怨。

「我叫你不准回訊息，你沒聽到嗎？」顯然女生的脾氣，比摩羯座的我來得大很多。

「好，好，好，只是公司同事傳來的，別那麼認真。」看著阿全的手勢，我很清楚他在回話的同時，已經將訊息刪除了。

過沒多久，手機又響了。

這時那女生一把想要將手機搶走，只見阿全的手也抓住手機，迅速按了刪除鍵，那女生將手機搶去後，訊息早已經被刪除了。

女生斜眼瞪著阿全。

「你心裡有鬼呀，你幹嘛刪掉！」我很驚訝阿全竟然可以忍受她的口氣，就以前的片段，當我如此時，應該已經挨了阿全一巴掌。

女生接著說。

「我每個月在你身上花這麼多錢，你如果敢給我和別人亂搞，你就試試看！」

原來如此。

沒多久，到站了。

前面乘客開始陸續下車，只見阿全這時候面無表情地瞪著我，似乎是剛才女生的大聲言論讓他有點下不了台。

忽然阿全的手機又響了。

這時阿全的手機在那女生手裡，她二話不說立刻點開了訊息！

「阿全！我好想你喔，你不要理旁邊那個白圍巾的胖妹啦！」女生一看內容，立刻站了起來，一巴掌往阿全臉上呼下去。

「你不要再來找我了！」女生氣急敗壞走下車，阿全則是莫名奇妙地趕緊追下去。

這時我也緩緩走下車，微笑著拿起我的手機。

看著天上，我發現，台中的星空，放晴了……

後記

緣份這種東西，不見得都是好的。分了手的情侶，卻常常會在不可思議的地方，又碰到面，這就是緣份。

我特別愛這種緣份。

兩個不相干的人，在陰錯陽差之下，到了地球的另一端，認識了。

兩個最愛的人，分了手之後，又帶著自各的情侶，見面了。

我認為，這有某種涵義在其中。

心中必然有某股力量，鼓動著兩人再度相見。而背後，一定也有著上天的旨意。

也許，女主角的任務就是，阻止阿全，再繼續欺騙女人。

也許阿全在那之後，成為了一個更好的男人。

而也許，真的只是因為，女主角還沒完全放棄，上天給了她一個徹底斷乾淨的場景。

要相信上天的安排，在任何場所與任何人見面，都有意義的。

09 美麗與哀愁

訊息內容：「晚上七點，老地方見，給我五分鐘就好。」

看著這十年來一到相同時間就會傳來的訊息，我似乎也無關痛癢了。

我是 Vicki，美商化妝品公司的行銷總監，今年三十六歲（虛歲算是三十七）。從美國拿完碩士學位回來後，就進了這家公司，而這十年來的努力，也讓我得到了公司的肯定。

傳訊息給我的人叫做阿德，一個在我生活中鮮少沒有英文名字的男人，也是在我生活中鮮少只有高中學歷的人。

事情發生在十年前我剛回台灣的七夕夜，我開著剛買的二手車，拋錨在南京東路上，而阿德，就是修車廠的師父。

這不是什麼小姐與流氓的故事，只不過從那晚之後，他開始追求我、邀約我，但是我從來就不曾對他有過特別的感覺。

應該說，我知道自己要的是什麼樣的男人。諸如企業家二代、白手起家的帥哥，或是與我生涯規劃有相關的高學歷男人。

阿德什麼都不是，他只是一個高中畢業後去當學徒的黑手。

從二十七歲那年的七夕開始，阿德就向我求婚了。只不過當時他的身分是車廠裡面的二師傅，我說我希望我的老公是個老闆。

於是從二十八歲到三十一歲這幾年，我都用相同的理由拒絕阿德。

三十二歲那年，他真的自己存了錢，開了個車廠。

同樣的七夕夜，阿德又向我求婚。我看著他頭上開始稀疏的頭髮，我以我自己的事業為重，未當上總監之前不想結婚為由，拒絕了他。

於是從三十三歲到三十五歲這幾年，我都用相同的理由拒絕阿德。

一直到今年，我升上行銷總監後就一直在想，今年又要用什麼樣的新理由拒絕阿德。

更重要的是，今年年初的時候，我認識了一個真正的小開 Victor。

雖然年紀不到三十歲，但是他對我卻很有好感。而今年七夕夜，Victor 正積極爭取我和他父母親吃飯的機會（要知道這不是件容易的事情），在等待他電話的同時，我還是先收到了阿德的訊息。

我心想，反正讓他知道我有了對象，也不是壞事。

晚上七點鐘，光復南路上的麥當勞（這也是我生活中不會約的場所）。

阿德已經到了。

「Vicki！」他臉上笑容滿溢。

「嗨！阿德，我先說吧！」

我不打算花費太多時間在這件事情上面。

「這幾年，你真的對我很好，我生病的時候，是你來照顧我；我車子壞了，不論在哪裡，一定是你親自過來幫我處理好；甚至是我的 seven（我養的狗）出現問題，也是你幫我……」

當我一股腦的想要以『你對我真好，但是我們不適合。』的邏輯作為理由拒絕時，我忽然發現，阿德，對我，真的很好……

講到最後幾個字時，我竟然有點哽咽……

「我知道。」阿德打斷了我的話。

「這幾年我試了那麼多次，我知道妳要的是什麼……」

阿德從他外套的口袋裡，拿出了一張紅色的信封。

「我決定放棄。我決定和適合我的人結婚，讓妳……和更適合的人結婚。」

阿德要結婚了。原來今年七夕夜，他要說的內容和往年不同。

「……原來是這樣呀，恭喜你，我一定會去的！」瞬間我發現我沒有了情緒，只是假裝堆滿笑容，接過了喜帖。

很果斷地回到車上，坐在駕駛座上，腦中一片空白。

結束了這十年來的糾纏，我想，我應該高興吧……

發動了我的車之後，漫無目地開著。這時候，另外一通訊息來了。

「八點半，晶華酒店，我父母親答應與妳見面了！」Victor 傳來的。

我冷冷地看著，心裡的拉扯竟出乎我意料的大。而這時候，我的新車，在南京東路上，拋錨了。

我歇斯底里地下了車，踢著、踹著……

我不想承認我的矛盾，只不過，當晚，我並沒有去晶華酒店……

後記

我身邊有著這樣男生，以及女生。

對於男生，我感到難過，也感到尊敬。

我自己知道世上的事情，沒有定數的。只不過看著你的男性朋友，愛著一個女人，四年、五年、六年，一直到十年之久，每每為她做牛做馬，卻還只是得到女人的一句「不是我要求的，是他們自己要做的」。

我就覺得不捨。

不過，一個願打、一個願挨，這倒也沒有什麼對錯。

只不過，女人真的有時候，不了解自己想要的。老話重提：「設定條件內的，不一定比較好，設定條件外的，不一定比較差。」

隨著緣份的安排、隨著自己的心性走，這才是好的戀愛態度。

這故事的後續，我好想寫成女主角回去找阿德，但是以阿德的為人，絕對不會放下結婚對象，與女主角再續前緣。

因為，他是個好人。

⑩ 睡美人

緩緩地，我的眼皮睜開了。

這一覺睡得很熟，熟到我無法判斷睡了多久，從何時開始睡的。

看著天花板，我想起Tim，嘴巴不自覺地笑了起來。大四那年和Tim開始交往之後，我就再也沒有換過男朋友了。對於水瓶座的我，Tim有著超乎常人的包容力。畢業那年，我說我要先到紐約遊學半年，他就幫我養了半年的狗，並且將我房間裡面的仙人掌，照顧得無微不至。

工作兩年之後，我說想要繼續到英國修碩士學位，那一年半裡面，他每個禮拜至少到我家一次，探望我媽（我是單親家庭）和我弟；兩個月就想辦法飛一次英國，若我需要任何補給，他都會從台灣帶來給我。但 Tim 的嘴巴永遠都不會說出甜言蜜語，也不會給任何承諾。

記得英國那場大風雪，我們窩在小小的公寓裡，抱著發高燒的我，你輕聲地對我說：「別怕，這輩子都不會放棄妳。」那份感動，勝過了任何的承諾。

直視著天花板，我忽然發現，天花板上的吊燈不太一樣了，是昨天晚上媽趁我睡的時候換的嗎？有種說不出口的詭異，我很吃力地起了身，環顧四周後，心裡一陣驚慌。

這……這裡根本不是我的房間……

但我發現，床頭放著的，是我和 Tim 的合照。腦筋靈活的我，立刻察覺到，這雖然不是我家，但應該也不是危險的地點。

我試著動起我的手腳，發現全身無力，根本無法動彈（我懷疑我被下藥了），就這樣試了將近三、四個小時，終於可以微微移動。於是我下了床，躡手躡腳離開了房間，房間外走廊的氛圍，讓我直覺判斷，這裡是醫院，而我穿著病人服。

我發現這間醫院離我家並不遠，於是我三步併兩步地回到家裡。沿路上，我感到渾身不對勁，卻說不出所以然。

進了門後，我發現家裡沒太大變化，但我卻必須要趕緊想起來，到底發生了什麼事情。看著牆上的日曆，寫著九月十三日。我忽然想起，對了，昨天九月十二日，Tim 開車載我們全家，包括我、我媽以及弟弟敏男。

可是，後來怎麼了……

我百思不得其解時，一個坐著輪椅的中年男子，從敏男的房間出現。

「姐～姐，妳醒了！」中年男子臉上浮現了不可思議的表情，激動得快要落淚了。

這時我認出了，他是敏男。在我記憶中應該是二十出頭的小夥子，怎麼一下子蒼老成這樣，而且，下半身竟然殘廢了……

「姐，妳忘了嗎？那場車禍……」我從來沒想過，所謂的『關鍵字』會有多大的衝擊力。當敏男將『車禍』兩個字說出嘴時，整個記憶直接衝進我的腦裡。

在往陽明山的上坡路上，一輛卡車從對面車道快速開下，看起來像是煞車失靈，打滑衝到我們車道上，在那之後，我就沒了記憶。

「姐，妳睡了……三十年，我們都以為……妳不會醒過來了。」敏男斷斷續續地邊哭邊說出了這些話，讓我驚訝地趕緊找鏡子。

真的，我已經好老了……老到自己都認不出來了……

我再看向牆上的日曆，雖然是九月十三日，但是年份卻已經差了三十年。

「媽呢？媽呢？」見到敏男，我想起我母親，都已經過了三十年，她還好嗎？

「媽在幾年前，走了……」雖不意外的答案，但我還是相當難過，眼淚不聽話的流了滿臉。

「帶我去看媽！」

於是，我推著敏男來到了一家安養院。

「這裡是媽最後待的地方，媽雖然很掛念著妳，但妳沉睡的這幾年，她都過得很好。」

我看著敏男的輪椅，忽然有一個疑惑閃過腦海……

「你的腳不方便，媽又住在這裡，那誰照顧媽？」

敏男不說話，帶我到了安養院的最後一個房間，我看見了一張很熟悉的臉。

是 Tim。

Tim 的臉上佈滿了皺紋，但雙眼卻似乎無法對焦。

「車禍之後，妳成了植物人，而我的下半身殘廢，媽的精神幾乎崩潰，我們全家人，陷入了一種絕望……」

敏男緩緩說著，而我則是慢慢靠近 Tim，並且在他的眼前慢慢揮舞著我的雙手。

他沒有反應。

「Tim 背起了我們家所有的負擔，一個人兼了三個工作，並且到處借錢……」我看著我最愛的 Tim，聽著敏男說的話，我的眼眶又濕了。

「他不但每天到醫院看妳，也會固定來家裡幫我處裡生活起居，每個禮拜，至少會來安養院三天……」

我的眼淚，隨著敏男的描述，緩緩流了下來。

「前幾年，媽過世之後，Tim 非常自責，他一直說，他對不起妳，自己陷入一種精神上的焦慮當中……」

我掩面，抽搐了起來。

「於是一年前，他變成了這個樣子，醫生說他是老人癡呆……」

我越聽越難過，整個人哭得無法自己，我從來沒想過，我最愛的人，竟然為了我、為了我的家人，變成了這副德性。

這時，忽然有一隻手，輕輕抓著我的手背。

我抬頭，看見了 Tim 剛才空洞的眼神，似乎又有了生命，溫柔地看著我。

Tim 緩緩地開著口說。

「別怕，這輩子都不會放棄妳。」

後記

寫這個故事之前，我就設定成一個童話故事了。

很多人留言給我說，這種男人不會存在的。但是也很多人留言給我，想要一個這樣的男人。

真的有嗎？

如果你真的問我，我會回答說：「先要求自己吧！」

這故事的一開始，我就寫了女主角醒過來的第一個念頭，不是別的，而是男主角。在我自己心裡認為，如果女主角不是相對的這麼對待對方，男主角不會這麼好的。

感情是互相的。

我一直認為人間就是有童話。

只要雙方都相信的話，你們兩人，就會是一段浪漫的童話。

11 登入

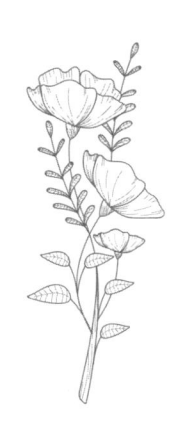

面對著密碼欄，我很果決地輸入正確數字。

隨著成功連線的讀取訊號，我心裡非常清楚這次登入的目的與對象為何。

為了防止節外生枝，我將使用狀態消息設定為『忙碌中』……

然後在公司同事的分類群組中，找到了 Sherry。

看著她的暱稱「完美的情，不完整的人」，我的思緒再度陷入這家庭問題中。

我是 Fish，一個結了婚的三十歲女人，自從小孩兩年前呱呱落地之後，我就安分地在家裡帶小孩，老公 Kent 則是在電視台上班。

不過最近半年來，我不但從他的同事口中聽到了些蛛絲馬跡，也讓我在社群網站上面找到了這個 Sherry 與我老公出遊的相片。

在近一個月的搜索中，我查出這女人是我老公的同事，也知道他們會在固定的日期出門。

探知了老公通訊軟體的密碼後，我決定，在今天套出他們兩人之間的關係。也因此，我打開了『儲存對話紀錄的功能』，想要一舉戳破。

我心想，第一句話非常重要，因為可能一下子就會被識破。

於是，開始回想老公平時與我聊天使用的口吻，展開攻勢。

「昨天玩得開心嗎？」我問。

「ㄟ？我以為你在忙呢？」

「哈哈，給妳個驚喜，看妳有沒有和別人在做壞事呀！」

「做壞事？我能做什麼壞事？你最壞而已吧。」

看到這邊，我呼吸有點急促，但我知道我不能急。輕輕敲著鍵盤，卻一下子不知道該怎麼試探她。

「昨天你老婆沒有要吧？」沒想到她自己先開口了。

「要啥？」我故意裝傻。

「還裝什麼？要不是你昨天說你老婆可能會要，我們昨天就不會那麼早回家了？」

差不多被我逮到了吧……雖然這是我意料中的事情，還是不免難過了起來。

「我們上一次做……是什麼時候呀？」如果文字記錄得不夠清楚，到時候還是會有機會讓他狡辯，因此我必須逼她說得更確定。

「……你都不記得了？你除了我之外還有別的女人嗎……？」

這話，是我想問的……

「我只是記不清楚日期罷了……」我趕緊含糊帶過。

「你說你要離婚的，你記得吧？」這女人，講出了我最不想聽到的話。

「記得呀。」

「……那我和你說，你可以加快你的腳步。」

「什麼意思？」我隱約感覺到不妙。

「我懷孕了……」

我直覺這是女人用來威脅男人的招數之一。但一時之間，我不知道要用 Kent 的立場去回答她什麼答案。

忽然螢幕右下角，出現了熟悉的視窗。

『Fish 表面的張力』上線了。

也就是說，在這個混亂的節骨眼上，『我』竟然上線了！

我靈機一動，趕緊藉故脫逃。

「我老婆上線了，我先閃了。」

不等 Sherry 回答，我趕緊登出。隱約看見最後她的回答。

「你怕啥？」

我的確不是怕這個，我怕的是別的。登出之後，我趕緊輸入自己帳密，重新以我自己的身分又登入一次。

如此一來，那個用我的帳密登入的電腦方，就會出現『您已經在別的電腦登入』的字眼，而被迫登出。

登入後，我立刻找到我在學瑜珈時候認識的朋友，Joe。

「Joe，剛才我們有說什麼嗎？」

「妳幹嘛上上下下的，還問我無聊的問題……」

「我問了什麼？」

「妳問我上一次我們做愛，是什麼時候呀？」

「你有回答嗎？」這句話的訊息還來不及傳到阿 Joe 那邊，我已經被迫離線登出。

螢幕上寫著『您已經在別的電腦登入』。

後記

史密斯夫婦這部電影，相信很多人都看過。

這篇短文的靈感可以說是來自於此。

很多時候越親近的人，越了解對方。而越是了解對方，就越容易掌握對方的行為、出沒的地方或者是生活習慣。

因此其實我想說，感情間會出現問題不是沒有道理的。

因為是那麼親近的人，因此如果夠細心的話，對於彼此些微的改變或是動作，都應該很容易察覺。

如果從這樣的小地方就開始注意的話，我相信，事情都不致於演變到最後的階段。

也犯不著在這樣的情況下，才開始推敲對方的心思，關心對方的行蹤。

畢竟人非聖人，時時掌控感情局勢，並不是霸道，而是對這段感情的負責。

我是這樣想的啦。

⑫ 午餐的約會一

看著她，我就忍不住思考，三十八歲女人與二十五歲女人的差別在哪裡。

她，共享著我的男人，卻可以在我面前表現得如此天真無邪。

「我先去上個廁所可以嗎？」Anna 用著她水汪汪的大眼睛看著我。

我點點頭，目送著她走向廁所。

看著她的背影，我目光移不開那件低腰牛仔褲上方，微微露出的絲質彩色丁字褲頭。

Anna上半身穿著緊身T恤，從背後看來，適當地剪裁出她的腰身，雖然穿著低腰褲，但卻更顯現出她長腿的女性魅力。

我非常的不以為然。

賣弄年輕身體不應該是戀愛的原點，我更不能接受我的男人竟然因此而迷惑。

我和Vincent這兩年來的感情生活一直都非常穩定，雖然我後來知道，外面有這女人的存在，但我相信這只是年輕女孩的一廂情願而已。

我想，我必須和她說清楚。

「Kate姐，妳在想事情?」Anna的手在我臉前不停地揮舞著，似乎在暗示我有老年癡呆的傾向。

「沒事沒事，Anna妳坐呀!」我看著她微笑的臉龐、白裡透紅的皮膚，心裡幾乎快要無法遏抑住自己的怒火。

偏偏這女孩，是我部門的人。

我看著她挑染的頭髮以及蓬鬆的髮型，一副就是從日本雜誌裡面走出來的洋娃娃一般，讓我在未開口之前，自己就先洩了氣。

「Kate姐，妳難得找我中午出來吃飯，是不是我工作上有什麼做不好的地方呢？」Anna的無辜表情一出現，反倒惹得我更不悅。

妳真會假裝，明明搶人家男人，還可以這麼自然？

畢竟女人三十幾年的生活經驗可不是虛度的，我讓嘴唇很自然地呈現出微笑的形狀。

「沒有啦！只是想和妳閒聊而已呀！」

「好呀好呀！Kate姐平常時就像是我的大姐姐一樣，對我很照顧……」

哼！我心裡悶哼一聲。

「那要聊什麼呢？」Anna張大她那睫毛膏刷得不太均勻的雙眼，顯然和她化妝的歷程有關係。

我心裡竊喜著，總算被我板回一城。

「聊男人呀！我很想知道像妳們這樣年紀的女孩，都怎麼哄男人上床耶！」我心懷不軌地一下子切入尖銳問題。只要妳心中有鬼，在意自己搶別人男人的話，一定會很難堪而不好回答……

「嘻，這個我很有心得耶……」這娃兒竟然抿了一下嘴，不帶扭捏地說出她的經驗。

「我會跳艷舞……」Anna 停頓一下看了看四周。

「把房間的燈光關暗，然後跳艷舞……這樣男人就會很興奮。」Anna 似乎自己進入了那個時空中，自己也笑了。

我可笑不出來。

面對著這個被妳分享幸福的女人，妳還可以裝傻到這種地步，我心裡面開始逐漸了解，三十八歲與二十五歲的差別在哪裡……

「那麼，Anna 妳能接受，妳的男人與別人分享嗎？」我淡淡地看著她，隔著一個餐桌，Anna 的大眼睛絲毫無畏懼地回看著我。

Anna 堅定的說：「我、不、能、接、受！kate 姐，妳呢？」

就像是在挑戰我似的，這個年輕女孩的眼神竟然直逼我而來，一步也不退讓。

我想，是時候要宣告主權了。我一手拿著刀叉，一手壓著桌子，簡直就像是磨好了利爪的獅子，準備撲向獵物。

「我啊……」我緊握刀子的手，越握越緊，幾乎陷進肉裡面去。

忽然 Anna 的眼神從我身上移開，看向我身後。

「Vincent！」Anna 大叫著從椅子上站了起來，而我，則是默不作聲坐在原位。

來得很巧，我想，這個時刻終於到了……

Anna 一把抓住 Vincent，走到我面前。

Vincent 則是看著我，面無表情。

「Kate 姐，這就是我常提起的，我男朋友 Vincent。」我依然坐在原位，動也不動，而 Vincent 也依舊站著不動聲色。

實際上應該過了十秒鐘左右，我們三人一句話都沒說……

終於，我開口了。

「Vincent 你好，我是 Kate。」

我站起來和 Vincent 握著手，就如同第一次見面般。

Anna 則是依然很開心地介紹著他們兩個。

「我和 Vincent 在一起五年了唷！」

我微笑的與 Vincent 握著手。

「這麼久了呀？我辦公室還有點事情，不妨礙你們了。」我笑著準備要離開。

「Kate 姐，我送妳出去。」Anna 則是仍然一派天真地帶領我往門口走去。

我假裝不經意地回了頭，看見 Vincent 的眼神，像是告訴我『妳不該找她，她什麼都不知道。』

我知道我是後來才介入的人，我知道我大了 Vincent 將近十歲，但難道因為這樣，我就得像個第三者般躲在地下嗎？我也只不過想知道，三十八歲女人與二十五歲女人的差別在哪裡……？

走到餐廳門口，Anna 忽然收起笑容，低聲說著。

「是我叫 Vincent 來的！」接著二話不說直接轉身離開……

那一剎那，我全身寒毛倒豎，也終於知道，三十八歲女人與二十五歲女人都沒有差別……一樣敏感……一樣捍衛自己。

後記

這篇文章，在網路上引起很多留言。

然而我自己對於這樣的文章，其實很感冒。但是事實上，這樣的女性，卻不少。

我相信女性同胞不會為了自己最愛，去做出什麼殺人放火的勾當。但我真的相信，女人心機，是會在言語上，或是小事情上，去動那麼一些手腳。

因為女人很有趣的地方在於，當她愛上一個男人時，通常她會覺得，這男人也應該這麼愛她。

因此當男人劈腿的時候，女人們都會認為，自己才是正宮。

不管是幾歲，女人的反應其實都一樣。

差別只是在於女人的個性，而不是年紀。

然而其實文中的男人，是不會說什麼話的。因為他希望這個狀況持續，他甚至希望這兩個女人為了他用更多的心機。

男人要的是優越感。

⑬ 午餐的約會二。條件

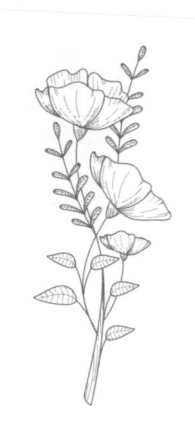

那天以後的一個月裡，我不停問自己。這個局，還有繼續下去的必要嗎？

我想，在 Vincent 以及 Anna 的心裡，一定也是持續問著相同問題吧？

於是，在相同的餐廳、相同的兩個人、坐在相同的位置上，不同的是，Vincent 也在現場，一個人坐在離我們兩個不遠處的座位。距離上而言，是聽不到我們談話內容的。

我看著Anna的臉，還是洋溢著一貫幸福的微笑，那種年輕的耀眼，總是會在不經意時，讓我不自覺得看傻了。

「Kate姐，妳在想事情？」Anna的手在我臉前不停的揮舞著，似乎在暗示我有老年癡呆的傾向。

自從上次被她將了一軍後，我告訴自己，面對這女孩，絕對不能掉以輕心。

「對呀，在想說妳這麼年輕美麗的女孩子，對於愛情這東西，不知道是什麼樣的感受……」

「愛情……很簡單呀，和Vincent一起生活、聽Vincent說他工作上的事情、陪Vincent打球……和Vincent做愛……」

Anna的笑容燦爛地就像情竇初開的小女孩，不過從她的口氣聽來，她今天也是抱著『主權宣示』的心情而來的。

「對呀，Vincent真的很喜歡做愛。」我話一說完，Anna的臉色就變了。

這次我可不認輸了。

「他可能是我認識的男人裡面，性慾最強的一個。」

Anna 鐵青了臉，那表情，就算是之前被總經理怒斥的時候，我也沒見過。

「男人會尋求別的出口，只因為沒有被滿足吧……」我故意低著頭不看她，坦白講，我不忍心面對一個年輕女孩子講這樣的話。

不過低頭了半分鐘，我竟然聽不到 Anna 的回覆。

一抬頭，只看到她拿刀的手猛烈顫抖著……

「Kate 姐，妳以為愛情裡面只有性嗎？」

這女孩兒，竟然想和我辯論起愛情本質來了……

「除了那事情以外，愛情還要互相溝通、互相體諒、去了解彼此的心情起伏，這才是正確的，妳知道嗎？」

年輕人的浮躁，已經慢慢顯現了……

「妳說得對，所以妳一定很清楚 Vincent 最近在公司裡面，受到他老闆的打壓吧？」

我故作輕鬆地說著，Anna卻是一頭霧水，甚至趕緊回頭望向Vincent。

「妳也一定知道Vincent和妳交往的第一年，就和另一個女孩子同時交往吧？」

Anna的臉上，幾乎沒了血色……雙眼直直地瞪著我。

那已經不像是人的表情……

她深深吸了一口氣，臉上一下子強硬，一下子無奈的閃過多種神色。

最後Anna像是下定決心般的低聲說著。

「……Kate姐，只要我說的條件，妳接受的話，我願意退出。」

我贏了！我的心底深處響起了這麼一個聲音。

「妳說說看……」我依舊輕描淡寫。

Anna的臉上露出極度不願意的表情，似乎是要勉強自己說出下面的話。

「第一，不准讓他抽菸，醫生有輕微警告過他的身體了。」

這件事情，我沒聽過……不過對 Vincent 來說是好事。

「第二，不可以提妳前男朋友的事情，他會難受。」Anna 的表情，似乎是想到他倆的事情，漸漸緩和了。

「第三，每個禮拜至少要抽一天的時間陪他回老家看他媽，否則他會很為難。」Anna 的眼眶紅了。

「第四，不要帶他去吃美式餐廳，他不喜歡 cheese 的味道，他不喜歡……」Anna 說到這裡，再也承受不住，輕輕的啜泣了起來。

「第五……」

我默默看著 Anna 泣不成聲的樣子，悄悄地遞上我的手帕給她……

我告訴自己，在這事情裡，沒有什麼對錯好壞的，只能夠有一個人當女主角。像是受不了自己的脆弱，拿著手帕不斷擦拭眼淚的 Anna，終於站起來決定離去。

卻被我一手抓住了……

「對不起，妳的條件，我無法接受。因此，還是我離開吧！」Anna滿臉驚訝地聽著我的回覆，而我的耳朵也不敢相信自己聽到了什麼。

「祝你們幸福……」我慢步地經過了Vincent的座位，心裡很清楚，這才是三十八歲與二十五歲的女人最大差別，我……看得開。

而我相信遲早有一天，Anna也會看得開的。

踏出門口的那一剎那，Anna叫住了我。

「Kate姐……謝謝。」我伸手接過Anna還給我的手帕，那一剎那，我全身再度寒毛倒豎，在餐廳大門即將關起的縫隙中，我看到了Anna一絲詭異的笑容。

而我發現……手帕是乾的。

後記

這篇文章的靈感來源自「我的野蠻女友」電影。

劇中男主角要告訴另外一個男人，要怎麼與女主角相處，要如何接受她的野蠻行徑。

就男人立場來看，這真是感人的橋段。

但我就在想，如果性別換成是女人，這女人會怎麼做。

於是我發現，如果是女人，她有可能照著做，只不過，背後的涵義，只有她自己知道……

不想將女人寫得太壞，但是我自己喜歡 Anna 捍衛自己感情的用心。

雖然我身邊多是 Kate 般的女人，只不過吃了虧還想要捍衛自己的自尊或是保持自己風度的女人，通常在愛情戰役中，會處於下風……

⑭ 是誰睡了我

眼睛睜開後，我看見我旁邊上身半裸的學長，躺在凌亂不堪的床上，我得意地笑了。

從大一迎新活動開始，我就對他非常有好感，刻意加入學長所屬社團，刻意製造和他修同一堂課的機會，但四年來，我卻一直沒有機會更進一步。

畢業後這幾年，我也接觸了不少男人，總算，我越來越能掌握，增進男女關係的技巧。

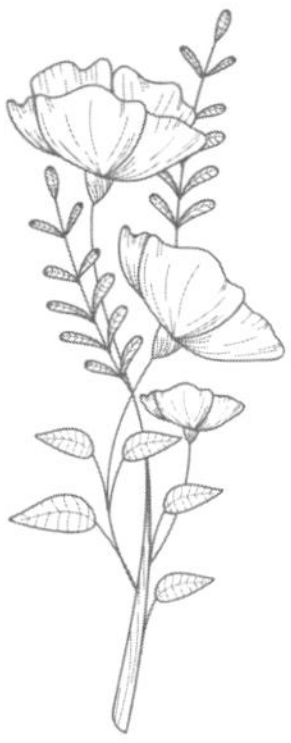

面對學長這種比較木訥卻又體貼的個性，我終於在昨天晚上使出了殺手鐧。步驟如下：

一、假裝心情不好。

二、與學長製造喝酒情境。

三、一起睡覺……

以我的經驗，如果這種情況下，這男人還是沒做任何事情，這表示他對我，真的沒興趣。

危險的是，我昨天還真的喝醉了。

還好的是，我的身體感覺告訴我，昨天我真的被「睡」過了……

學長漸漸醒過來，看見我和他的樣子，內向的他顯然很尷尬。

「我們……昨天晚上……」學長看來有點懊惱地抓著頭髮，那樣子看來帥呆了。

我有點得逞的快感……

穿上上衣後，我環顧了這間昨晚臨時進來的旅館房間，除了我們躺著的床之外，外面還有個小客廳。

我走到客廳一瞧，不禁傻眼。

沙發上竟然有個男人趴著，而且只穿著內褲，一副就是剛做完愛的樣子。

「你是誰呀？」我失聲大叫！一把將他從反面翻回正面。

啊！這是學長昨天帶來的朋友呀！我的回憶慢慢地回到昨晚，除了他之外，學長還帶了另外一個男性朋友，說是人多熱鬧。

我左顧右盼，瞥見浴室燈光，於是快步跑到浴室，發現一個全裸的男人躺在浴缸裡面。

「媽呀！」我隨手丟了毛巾在那男人身上，趕緊跑回床上。

我感覺有股陰影在我後腦杓慢慢竄起。

重點在於，另外那兩個傢伙，看起來都像是昨晚做完愛的樣子，那麼我……

我……我到底是……被誰「睡」了呢？

這兩個人我昨天晚上才見第一次面，而且，這是我策畫許久的「學長攻略」計畫，怎麼可以落得這種下場。

如果說，在學長面前，被發現我是被他朋友睡過的話，那我和學長……豈不是……

可是，醒來後在我身邊的人是學長，也就是說，是學長睡我的機率還是最高的，如果我不趁這個機會，讓他承認我們關係，我又怎麼能夠達到我的目的！

越想越煩，天蠍座的我決定，把三人都叫來，我要好好推理一番。

於是，一女三男就在客廳坐了下來。

除了學長之外，另外一個是廣告公司的浩子，一個是販賣高級音響設備的業務Jess，都是學長的高中同學。

「我才二十七歲，卻莫名奇妙被你們其中一人睡了。說，你們之中昨晚誰有性行為？」我想先將範圍縮小，但我多麼希望，只有學長說他有。

驚人的是，三個人都緩緩的，將手舉了起來。

媽呀！不會吧，我被三個人輪流上……真是眼淚往肚子裡吞。

「好、好……我們來……來回想一下。昨、昨天晚上……的經過。」我試圖安撫自己的理智，因為還不清楚最後的結果。

我回想著，昨晚是學長扶著我，將我安置在床上，我吵著要學長抱我，對了，我有抱著學長，我有這個印象……

後來學長說他要上廁所，就離開了一陣子，然後學長回來後，我們就做了……

以上是我的記憶。

這時候原本躺在沙發上的浩子臉色大變低著頭，我看到他的反應，我心裡也飄起烏雲。

「你學長去廁所之後，妳一直叫『快來、快來』，我以為是叫我……我就上床去了……」

晴天霹靂……我快要……說不出話了……

我不甘心的還想要扭轉結果。至少，我要得到和學長有關係的結果……

「可……可是、可是，學長……你去廁所那麼久幹嘛？」

這一次，換成原本在廁所光溜溜的 Jess 低頭了。

我……幾乎……不敢……開口問：

「你學長……抓著我，做了一個晚上……」Jess 帶點靦腆的微笑說：「我是已經出櫃……也不在乎說這事情……只是不知道原來他……」

瞬間，缺氧……

我的「學長攻略」到這裡，可以說是，賠了夫人又折兵。

後記

這篇文章，其實我有點想說教。

但，我堅持小說不應該說教。

只不過，現在這年頭，對於道德觀念的認知，各個世代的差異性過大，常常也會聽到將自己貞操拿來開玩笑的女人。

坦白講，我不太喜歡。

而我深信，男人都不太喜歡。

在這個我以「女人香」為題的專欄裡面，我想說的都是女人的好處，女人的傻、女人的癡，但其實不想提到女人的壞。

不過這一點應該稱為女人的……不好。

以自己身體做為影響感情的手段之一的女人，到最後，自己的價值將會蕩然無存。

我不說教，只希望……大家……注意……

15 最後一夜

從開始吃飯的十五、六個人，到現在喝酒的五個人，已經過了五個小時了。

從七點，一直到了十二點。

這些人都是從我大學一路以來，和我最熟識也最要好的朋友們。

今天晚上都是為了我而來。

因為明天，我就要結婚了。

剩下最後的五個朋友當中，有一個叫阿丹的男孩，一直是我整晚關注的焦點，

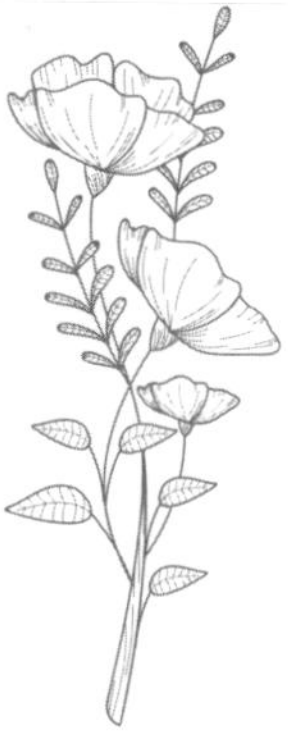

因為我從大一開始，就喜歡他了。

阿丹是班上同學裡面功課最好的，可是個性沉靜，不太愛多說話。這四年來，我與他也只有在分組討論的時候，碰巧分在同一組，才比較有多點機會說話，嚴格講起來，我們算不熟的。

但是這個我結婚前的最後聚會，他竟然也來了，令我相當驚訝。

阿丹沒喝什麼酒，不過其他四個人，已經喝得差不多了。

「啊，那個……我想，我們該走了。新娘子要回去睡覺，明天……膚況才會好。」大強一直都像是大家的大哥一般，發號施令。

於是這聲令下，剩下的五個人，一個一個離開了酒吧，結果只剩下我和阿丹。

「我……我也該走了，祝妳……新婚……」阿丹像是說不下去似的，竟然拿起了那杯在他眼前放了一整晚的酒，一口氣乾了。

「祝妳新婚快樂……」喝完之後，阿丹痛快地說完了這句話。

「阿丹……你有喜歡的人嗎？」仗著自己最後一夜，我想，我的膽子也變大了。

「我……當然……有呀！」阿丹的臉上一片泛紅，看不出是剛才那杯酒還是我的問題害的。

「喜歡我嗎？」阿丹被我這句突如其來的話嚇到，酒杯掉在自己的褲檔上面，弄濕了一片。他急忙地將自己的衣物擦乾，非常認真地看著我。

「對。我喜歡妳，亦芳，我從大一就喜歡妳了……」

我有這種感覺，但是我不敢肯定。

而在這我即將出嫁的前一晚，得到了這句表白，我的心裡非常欣慰。

「為什麼不早點告訴我……」

「……妳一直有男朋友……」

我其實是知道答案的，但是我無法向阿丹解釋什麼，我想，也不需要。

在高三那年父親生意失敗後，我就意識到，我的人生，可能會走向一個我不喜歡的道路。

而事實上，大學這幾年以來，一直如此。

大一認識了Mike之後，我每個月從他身上拿到的幾十萬，全部都給家裡還債，即使是如此，到現在，家裡也還背著三千萬的負債。

而我每天上著學，看著阿丹，雖然喜歡卻無法說出口的痛苦，可能只有自己知道。

阿丹看著我出神的表情，說出了令我驚訝的話。

「我知道妳缺錢，才會和他在一起……」

我傻了。

這個男人不但是我所愛，而且還這麼了解我。

阿丹走過來抱緊了我的身體，我的心跳一下子跳得好快。

「明天，不要結婚了……我們……離開這裡，去過我們的生活。」

阿丹輕聲地在我耳邊呢喃著，我的身體，幾乎都軟了。

「我們兩個，分別去上班，生兩個小朋友，一個男的、一個女的，然後週末，帶他們到鄉下。平時我會下廚，妳只要負責打掃家裡……」

聽著阿丹的話，我的眼淚，不聽話地往地面方向竄。

「我可以騎著腳踏車，就像在學校一樣……妳輕輕抱著我的腰，我們可以騎到淡水、騎到八里，騎到任何我們想去的地方。」

我的眼淚繼續狂飆，而我的理智，隨著阿丹的話，一下子不知道飄到了何處，我沒有反抗阿丹的話，而阿丹的唇，輕輕地，在我的嘴巴上，貼了上去。

這是我生平第一次，感受到愛意的吻。

「我們離開這邊好嗎？」阿丹依舊輕聲地說著，而我並沒有反抗。

當我拿著帳單到櫃檯結帳時，我看見了我的信用卡，那是Mike的附卡。

我想起爸媽的卡，都是Mike的。

我愣在櫃檯。一直到阿丹拍了我的肩。

「亦芳，怎麼了？」

我緊抿著嘴，費盡了力氣才擠得出話。

「……阿丹，我該走了，明天我還要結婚呢……謝謝你，在我婚前送給我這樣一個玩笑。」

阿丹的臉上沒有表情。他立刻背對著我走在我前面，笑著。

「哈哈！對呀，我還是不太懂怎麼開玩笑呢……哈哈……」

在我簽完名之後，我不敢回頭，離開了那家酒吧。

後記

這篇短文，有我自己很深的想法在裡頭。

我真心希望，每個人要為每個人著想。有時候，仁義道德，並不足以解決世上所有的問題。

我常說，一個美女遇到的感情問題，絕對不是一個醜女所能體會的。相反亦然。

因此，很多感情在最後抉擇時選擇了麵包，而不是愛情，其實都是有跡可循的。

亦芳比一般女人幸福的是，她到了最後還是可以聽到真愛的告白。有很多人選擇了金錢之後，這輩子就再也聽不到真愛了。

因為在那樣的環境下，其實無法判斷真愛有多真。

總之，我只希望大家給朋友意見時，不要只是說「你就那樣做就好了呀！」的武斷評價。

因為每個人心中最重要的事情為何，你永遠不知道，也永遠無法了解。

16 愛情密碼

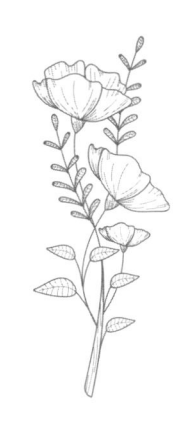

在農曆七月的現在，我在半夜想著你，一點都不害怕，只感到一絲絲的失落。射手座的你，和雙魚座的我，在相處上那麼地融洽，但你卻總是說我不夠熱情。我很難去解釋，我對你的感情。我沒有辦法像你一樣在人前那麼地活躍、那麼地敢於把喜怒哀樂表現在臉上，但我知道，我心裡對你的依賴以及愛戀。

這一切，我雖說不出口，但我不覺得你常掛在嘴邊的感情，有勝過我對你的感情。

你總說，我太冷靜。其實經過這一次，我也承認了，我真的很理智。

三天前，你爸媽要我到醫院去看你時，一路上我已經設想了最壞的結果。

果然，我見到你時，已經有塊白布蓋在你的臉上，而我，什麼話也沒說，眼淚也沒流。

「這孩子，就是愛騎快車……」你媽媽一句話都說不完，而我則是靜靜地看著你出車禍後的臉龐，竟然沒有一絲傷痕，還帶著一抹微笑。

真的，都三十歲的人了，你卻總是愛耍帥，愛令人操心。

之後那兩天的記憶，只有混亂與煩躁。你弟弟要我把你的電腦帶走，我靜靜地收下，一個四十三公斤的女孩子，搬著你那台沉重的電腦，一路搬回我的宿舍。

一開機，就看到你笑得燦爛與我淺淺微笑的照片，佈滿整個桌面。你說你的工作每天都要接觸電腦，一開機就看到我們，是最幸福的事情。

我雖這麼想，但我說不出這種話。我看著你的檔案，除了工作上的文件，一些我看不懂的程式語言，卻也看不到我們以前出遊的相關照片。

直到我看到了你用我的名字命名的檔案。

“Love Emily.exe”

我想起你和我說過這件事情，你的機密檔案，需要用你的機密密碼才可以解開。

於是我從一開始嘗試用你的生日、身分證號、地址等，輸入失敗之後，我轉而想像，這是為了我而製作的檔案，於是開始輸入我的生日、身分證號、我們的交往紀念日、地址等……

「Password Error！」

伴隨著電腦發出的惱人聲音，這已經是第十次輸入密碼失敗了。

凌晨二點二十五分，我還在與你的電腦抗戰著。

而這是你走後的第三天，也是我最強烈感受到可以與你溝通的時候。

我似乎看到你促狹的笑容，浮現在臉龐。

不是說我是最重要的嗎？為何連我都解不開密碼。

最重要、最重要、最重要……我一直回想你說過所謂的最重要的事情。是洋基隊的魔術數字？王建民的勝場數？

看著電腦桌面的照片，我想起了那是我們第一次的約會，你說過人生的第一次最重要。想到這，我不禁臉紅了起來，不會是那檔事情……

忽然我發現，照片裡面你拿的那張喜帖，記憶，剎那間返回……

「第一次約會很重要，所以我們一定要拍照！」你笑著說。

「那妳覺得妳的什麼事情很重要呢？」你拿著你剛收到的喜帖繼續追問。

「……嗯，我想是結婚吧……」可能是受到那喜帖的影響，我脫口說出從小對白紗浪漫的想像。

回到現實的凌晨，我看著桌面，還是無法聯想，這樣的密碼應該是……

「那妳現在嫁給我吧！」我又想起了那第一次約會他滿口隨便的求婚。

「你這種吊兒郎當的樣子，能和我交往三年，我就答應……」

三年……我們是兩年多前交往的，難道說……

我掐指算了一下，輕輕地在鍵盤上輸入「２３」

「success！」

整個電腦螢幕瞬間出現了所有我們這兩年來的照片，從開始到最近、從陌生到熟識、從青澀到熱戀，伴隨著我最愛的日劇「協奏曲」配樂，整個有如編排過的幻燈秀，此起彼落，好不精采。

我看得傻了。

最後隨著音樂 fade out，以及最近的一張照片消逝，電腦出現了幾行文字。

「與天使結合的日子，只剩二十三天，Alex，革命尚未成功，同志仍須努力喔！」

檔案結束，電腦恢復了原來的桌面與凌晨兩點半的寧靜。

而我，終於，壓抑不住自己的冷靜，抱著你的電腦，哭著……

後記

這故事的靈感來自於每個人的通訊軟體帳密。

絕大多數的人都會用自己的英文名來設定帳號，可是英文名字太多人相同，因此就會在英文名字後面加上生日，或者是，另外一半的英文名字。

漸漸發現，很多人的提款卡密碼、各種電腦密碼，除了自己的重要數字之外，就是另外一半的重要數字，或者是兩人之間的重要數字。

然而每個人認為的重要數字不同。

而當你沒有站在對方的立場思考的時候，常常會無法體會到，對方認為的重要，是何者。

而感情間的溝通，也就因此產生了許多落差。

不到非常關頭，不去替對方著想的人，往往會遺漏了許多……

17 遊戲規則

做完愛之後，他一如往常地到冰箱拿出他的可樂，而我則是照例先到浴室淋浴。

旅館的熱水透過蓮蓬頭在我的身上恣意拍打著，我忽然浮現了一股理智，告訴自己不該有的念頭。

我，一個三十五歲的女主播，從小就知道任何遊戲都有規則，而從小我也照著規則得到了任何我想要得到的事物。

考試要考第一名是給老師看的、做好人際關係是給同學看的；禮義廉恥是做給父母看的、賣弄風騷則是給男人看的；交男朋友是滿足自己成就感、結婚是找長期飯票，而情人……

情人，是滿足自己慾望的，而且不能進一步越過界線……

我知道這男人叫Mike，但我不知道他是做什麼的。一年前在夜店認識他之後，我們就開始了如現在般，每週一次固定在這個旅館的性愛關係。

甚至，不敢過問彼此的任何私事。不過，我相信他見過我。畢竟我也算是公眾人物，不過他從來不會多嘴，而我也相信他不是八卦的人。

在我穿起絲襪的同時，我不小心讓浴室裡的念頭給支配了。

「你有想過和我結婚嗎？」我說得很平靜，只不過內心的訝異卻足以讓我瞪大眼睛。

「妳沒有對象嗎？我不相信……」他笑笑地穿起他的西裝。

「那不重要……我問的是你……」我想，話都已經說出口了，只能勇往直前了吧。

他認真地看了一下我，嘴角又笑了。

「妳連我是幹嘛的都不知道，談結婚？」

「不行嗎？」我有點不高興了。

Mike 拿起房間鑰匙準備退房。

「可以呀……我考慮看看……」

那天之後的兩天內，我完全沒有他消息，當然也可能是因為，我的手機在那天晚上後不見了。

這兩天以來，我卻一直想著這件事情。

其實，我沒有談過戀愛。

從小到大我都認為，戀愛就像是方程式一樣，只要我知道了原理，大概就會有相同的規則，因此我應該可以輕易設定問題，也可以輕易解方程式。

諸如，我知道我和他是建立在肉體關係上，只是，如果我提出結婚，他也認同，那麼，我們應該就可以結婚。

但是，如果他不認同呢？這段關係，是否就會這樣結束了？照邏輯來說，的確如此，可悲的是，我知道我不想結束。

一旦我提出這問題了，他也就會知道我其實不只是玩玩而已，那麼只要他將我們的關係當作遊戲，那麼他也不會想要繼續玩下去……

這麼一來，一樣會結束，可悲的是，我知道我不想結束……

也就是說，在這遊戲裡，這一步，很顯然地我走錯了。

讀著攝影師前面的字幕機，我唸著一段又一段的新聞，毫無感情。我知道這樣不專業，但我實在無法專心。

「新店一戶民宅發生人倫悲劇，妻子失手殺死了丈夫，並且獨自將丈夫遺體埋至新店山區，過了兩天才前來自首。」我機械式地讀著稿。

瞬間，我的聲音，啞了……

我看到了被害人的照片，那是 Mike……

瞬間，我的眼前，一片空白……

他是個工程師，三十八歲，沒有小孩。只不過，這一些個人資料，現在對我來說，似乎變得一點都不重要了……

當晚十二點，我從電視台出來前往那間旅館的計程車上。旅館打電話告訴我同事，說我的手機掉在那裡，要我過去拿。

我走進這家熟悉的旅館，以前的回憶如幻燈片般，一張張閃過，心情逐漸激動了起來，我甚至都還沒搞懂，到底是發生了什麼樣的事情。

簽領完了我的手機，旅館人員很好心地幫我關機了。而當我再度打開電源時，我看到了 Mike 的留言，時間是兩天前的那天晚上。

訊息裡寫著：

「這一年來，我也常有這種衝動想要告訴妳，我們結婚，一起生活，但是我必須先解決我的情況，請妳等我……」

我的眼淚隨著內容的字句潰堤於臉上，看著兩天前的訊息，想著今天的新聞。我告訴自己，我的判斷沒有錯，在這場遊戲裡面，我應該是贏家，因為最後『算是』我得到了他。

然而，我無法接受這個結果，是因為我破壞了遊戲規則，還是，我錯把這一切，當成了遊戲。

後記

外遇算是一種遊戲的話，基本上，這遊戲玩起來的風險非常高。

高到可能傾家蕩產，或者是家破人亡。

我身邊也有很多朋友，玩起這種遊戲，駕輕就熟。甚至不只在一個平台上玩，可能同時玩好幾個。

有些人天賦異稟，不在我們討論範圍內。

但是大部分的人，總有一天會從遊戲中敗下陣來。

而這樣的人，通常都是自以為很會玩、很懂得遊戲規則的人。

事實上，這遊戲沒有規則。只有一種結果，就是「遊戲結束」。然而，男人都很懂。

女人卻不太懂。

女人期待這場遊戲，可能會變成現實。

男人非常清楚，On Line Game 就是虛擬的，怎麼樣也不可能實境。

18 我殺了安東尼

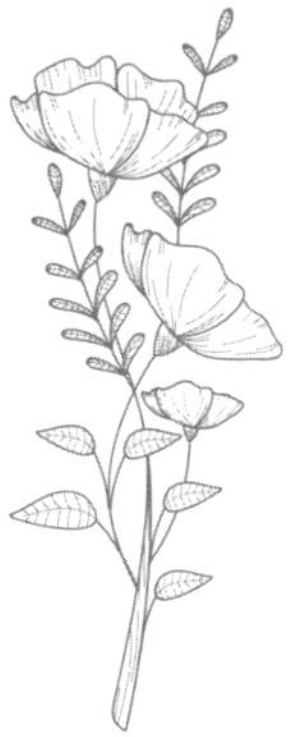

他死了，我想。

因為他躺在血泊中，胸口上的刀直挺挺地立著。剛剛做完愛的汗水還附著在他的髮絲上，現在那些液體卻和紅色黏稠血液混合一起。

我雙手發抖著，想要將我的胸罩扣起，卻怎麼樣都不順利，他的手機持續地傳來了訊息的震動聲，我無法忍受了。

兩個月前開始，受到這種間歇性的訊息侵襲，早已經將我的神經啃食無遺，不管是在我們吃著早餐時，還是在我們打算開車回家時，每次訊息一到，就是他告訴我，他要離開我一陣子的信號。

我沒有辦法再忍受。雖然他的五官有如希臘神像般的立體、也有著深邃溫柔到可以融化掉我知覺的眼神，但這都沒有辦法再讓我繼續相信他，沒有辦法再讓我不懷疑他。

有時候我知道，問題不是出在他身上，是我。

三個月前的那個夜晚，是我刻意將他灌醉，讓他在失去意識與理智的狀態下，一把抓住我的胸部、是我自己將我身上的衣服撕碎、是我自己在他的房間內歇斯底里，假裝發狂地跑給他追、是我自己咬住他的手臂，讓他忘情地將獸性發射在我身上。

我一直知道我不夠漂亮。他的身邊有 Joyce 那種長髮美女，也有 Selina 那種絕世尤物，更有著那位美艷幹練的短髮上司 Dawn。而我知道，她們都對他虎視眈眈已久。我更不敢想像，我用了這麼爛的招數只為了要得到他，而這幾位女性，又會用什麼樣的撇步來對付他。

那個夜晚後的隔天早上，我記得他的表情，那種無奈又難以言喻的表情。似乎就說明了，和我不小心發生了關係的這件事情，對他來說是人生裡面多麼難以抹滅的污點。

我知道他心腸好，在我們發生關係之後，要我不要想太多、要我知道這樣發生是對的、要我知道，我是個好女孩，只是總是想太多甚至心神不寧。

我一直想要相信他說的話，但是看著鏡子裡面的自己，我實在沒有自信心可以贏得了他那幾個生活上總是會遇到的紅粉知己，於是我一直壓抑自己。

雖然這兩個月以來，他收到的訊息越來越多，但我真的無法容忍的是，一接到訊息他就說要去處理事情的神情。那種慌張的態度，要我怎麼會看了不懷疑呢？他是那麼不懂得說謊、不懂得隱藏自己心情的人，卻只會一而再的要我不要想太多！

最無法忍受的事情是今天！

今天是我的生日，在這個你答應要幫我慶祝生日的夜晚，你卻還在看訊息，在我們又一次的忘情相愛之後，你的手機又傳來了訊息。

看著那支手機上閃爍的燈號，我不免也好奇了起來。這幾個月來，到底他都和誰連絡，他都說了些什麼。

於是我點進了他的手機，看到了這兩個月來陸續來往傳訊的清單。

沒錯！Joyce、Selina、Dawn，果然是這幾個娘兒們……

我心中的怒火已經燃燒到了一個境界，我發現到，就在我們第一次做完愛的早上，他竟然傳了訊息給 Dawn，我無法想像，他用了什麼樣的言語來批評我的計謀，是下流低級，還是蕩婦……

我用發抖的手點開了他們的對話。

「我太後悔了，我果然和她做了，只不過，我竟然無法保持清醒，面對這個我最愛的女人，我竟然不是清醒地和她做第一次，我真後悔……by Anthony.」

……我感到暈眩……這不是我想像中的，那麼其他人的內容……又會是……

於是我點開了最後一封，也就是剛剛傳來的。

「這兩個月的準備都 OK 了，你現在可以打開門，所有的朋友都在外面準備衝進去替她慶生了唷！by Joyce.」

……我懷疑，在我懷疑他之後……我現在懷疑我自己的眼睛，我不相信這一切是真的……我要去開門……證實……這一切……

我握住門把，聽到了吵雜聲……

後記

這篇小說是我第一篇在網上寫的短篇小說。然而事實上，一開始我只寫了「他死了，我想」這幾個字。

接下來要寫什麼，我腦中一片空白。

而當我決定要將死者的名字取名為安東尼之後，我的文字就開始出現了。不知道是安東尼這個名字的魔力，還是什麼原因，總之後面的劇情，就順著安東尼的帥氣面孔，一塊一塊的浮現。

我受不了女人的猜忌。

因此我一直很想讓猜忌的女人，得到一次教訓。

然而現實生活中，我做不到。

在我的文字裡，我辦到了。

也希望，可以給愛猜忌的女人，一點思考空間⋯⋯⋯

19 愛情不完美

說真的，我從幼稚園開始就喜歡他了。

當時的他嘟著嘴，胖得像個球。可是就在他和我分享我人生的第一口冰淇淋之後，我心裡已默許了自己的人生。

只不過，可能兩兩相剋，我和他的相處，一直不和諧。

小學時候我們又同班了，我當上了班長，他卻是班上最會搗蛋的壞學生。

我必須在黑板上記下他的名字，以便於老師在午休過後處罰他。

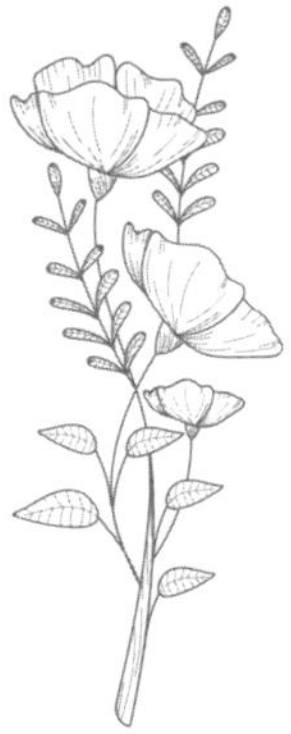

我心裡很難過，但，我必須忠於職責。

我想，他不會諒解我。

上了國中之後，我們雖然在同一個學校，卻因為男女分班的原因，我們在不同的教室上課。

到了國二，他開始長高，俊俏的外表惹得身邊女同學無一不暗戀他。

我雖然也是，卻說不出口。

同學知道我和他小學同班，硬要我拿情書給他，我厚著臉皮拿給他，卻被他不屑地丟進垃圾桶。

心疼同學的我不禁火了。

「你以為你是誰呀，明明沒什麼了不起，跩什麼跩！」

他斜眼看了我一下，不發一語的離開了。

整個國中生涯，我再沒和他說過話。

有時候想起來，我會在模擬考前夕，因為K書想到他而留下眼淚。

我知道我喜歡他，卻怎知和他相處總是壞結果。

到了高中，合好的時機到了。

隔了好多年的小學同學會，讓我們見了面，而他看起來，更是帥氣。

在不知道哪個豬頭的鼓譟下，我們決定玩起「真心話大冒險」。

講起來很厲害的名稱，其實也不過就是說出小學時期，每個人暗戀班上的哪個同學。

我心想「這是我告白的好時機，我要在這個時候，說出我的秘密」。

只不過，當前面有班上男同學，說出當時喜歡的是我的時候，他竟然笑得彎了腰，整個人就像是聽到什麼天大笑話似的，眼淚都飆了出來。

我很受傷。

不等這個聚會結束，我已經藉故身體不適，逃離了會場。

之後我們都順利地考上了大學。

很巧的是，我們就讀同一所大學。

很巧的是，我們進了同一個社團。

在幾次一起帶營隊合作的經驗下，我們漸漸拋開了以前那種不熟悉的感覺，反而真正像對好朋友。

只不過畢業後，他決定要到英國讀書，我則是決定就業。

這麼一來，人生的路其實就已經差了十萬八千里，變數太大，我不能接受。

我希望他留下來，只不過我不知道我憑什麼要他留下來。

出國前兩天，我們見了面。

「Kobe你確定你要出國？」愛打籃球的他自己取的怪英文名。

「對呀，不然勒？」Kobe自顧自的投著藍，讓我一個人獨自站在籃球場邊。

「妳也沒留過我呀？」忽然他說出了讓我心頭為之一震的話。

「Kobe……」我抿了抿嘴，有點不知道該怎麼繼續說下去。

「Kobe，從小到大，我們都很好，對吧？上了大學也是合作夥伴，默契一向很好，搞不好，我們可以交往看看……」我講到這，Kobe 忽然停止了運球，整個籃球場一片寂靜。

「這樣吧，在你離去前，我們送彼此一個禮物。如果你送給我的是我喜歡的東西，我就追你追到英國；如果我送給你，是你喜歡的禮物，你就留下來陪我。」

他轉過身看著我。

「好呀，一言為定。」

隔天，我真的是費盡心思絞盡腦汁在全台北市來回穿梭。我不認為他真的會留下來陪我，但我認為，送給他一件會想起我的禮物，是很有意義的。

於是當天在機場，我們交換了彼此的東西。

「上飛機才能看喔，現在不能看……」不等 Kobe 進關，我已經先離開了，因為我的眼淚，無法撐到他離開的那一刻。

在計程車上面，我一邊哭，一邊想著我們從小到大的點點滴滴，車快進入市區，我才想起要打開他的禮物看。

於是我緩緩地拆開了那精美的包裝，我看到了一個保溫箱。

裡面，是支平躺的冰淇淋。

我的眼淚再度大量洩洪在計程車上。原來，在那個時候，他就注意到我了。

當計程車停在我家門口時，我卻看到 Kobe 正站在車邊。

他一手拿著我送的冰淇淋，另一手還拖著那應該在飛機上的行李。

我們兩個，看著對方，都笑了。

後記

唉，受網友影響太大，故事寫到最後，不完美，都變成完美了。

在我寫過的故事中，曾經寫過彼此送給彼此不完美的禮物，這原本是這篇文章的主題。孰料，寫著寫著，故事又甜美了起來。

談戀愛的時候，最有意思的就是在於兩人還不知道彼此的心意，互相揣測、互相捉摸，也就是曖昧時期，其實是最美的。

任何一段愛情故事，都會經過這一段，而這一段揭開序曲的契機點，基本上每一段愛情都不同。

有人單刀直入直接告白，有人迂迴輾轉，才將心意告知。

不過這篇文章，是希望大家，都記住這美好的一刻，記住突破曖昧的橋段與契機為何，回味起來，樂趣無窮。

20 出位

當絕情劍法第八式收回的同時，我知道我贏得了這場比武。

在三百多人的競爭決鬥後，我靠著一柄銀劍進入到最後決賽。

這是我當年發下的豪誓，離開南方的孤島來到京城，只為了要出位。

我要成為天下第一劍。

想起當年為了成為武林第一的他，狠心離我而去，那時年幼的我，再也不願意做一個傳統的弱女子，整天守著我的愛情。

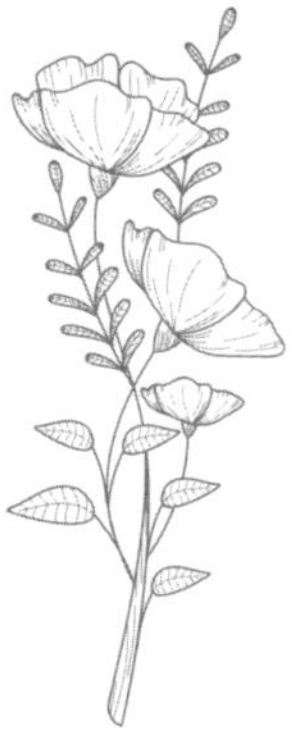

我要出位，我要傷害我的人得到懲罰。

因此我拜師學得絕情劍法，入門口訣第一要領就是絕情。忘卻感情、六親不認，方能將劍訣的精髓使得爐火純青。師傅用絕情內力在我的胸口上刺下他的名「沖」，一旦我絕情劍法大功告成，胸口的刺青就會消逝。

三年前開始，我的胸口未曾再出現任何字眼。

如今，我期待我的最後一步，待我揚名天下，好讓那男人後悔莫及。

「決賽開始！絕情劍法劉素素，對戰獨孤刀客丁沖……」

隨著仲裁的唱名，我不禁愣了。

是他！沒想到在這情況下遇到了……

丁沖佇立在比武台的那端，神情自若，臉上就像是覆了層薄薄的冰，絲毫看不出表情。

他俊美的站姿，讓我把七年前他在竹林前等我的背影，重疊了。

那是一段只屬於我倆的記憶。

「素素，出劍！」剎那間師傅的叫喊聲將我拉回了現實。

我急忙收斂心神，面對這個世上最強，也是我曾經最愛的人。

我注視著他，卻只見他雙手平放兩側，仰頭望天，絲毫不將我放在眼裡。

我在腦海中思索著絕情劍法二十一劍中，適合出招的招數，卻不斷出現當年他對我的微笑、動作、香味……

我感到胸口一片灼熱，發現刺青竟然隱隱的浮現，我心知不妙，當下立刻咬破自己嘴唇，重新將心神歸一。

倒吸一口真氣，我藉由絕情劍法口訣的內力帶領，順手刺出五朵劍花，朝他而去。

不料丁沖身形橫移，不費吹灰之力化解了我的起手式。

我足下一蹬，空中身子轉體七百二十度朝丁沖移動方向追去，以離心力使出絕情第二劍攻往丁沖上盤。

丁沖一偏頭、一彈指，我的劍被他的指力彈得身形崩潰，落地時差點連站都站不穩。

丁沖並不追擊。

他的臉上還是如同覆著薄冰一般毫無表情，側身站立在擂台上，身形依舊瀟灑。

我心中暗自驚慌。

「實力，相差這麼多嗎？我拋開一切學得的功夫，在他面前，竟然如此不堪……」

一聲尖叫後，我掄劍再上。一踱步，先使出絕情劍法第八式作為虛招，實際上卻是攻他下盤的絕情劍法第十一式。

丁沖只是抬腳，虛招連看都不看。

我吆喝一聲後，一蹬地，空中揮出七面劍海，讓丁沖的上空毫無退路可逃。

此時丁沖一直插在背後的大刀，終於現身。

丁沖雙手握刀，對著空中橫劈出一刀，氣勁之強，足以讓我七面劍海全數瓦解，而我更是狼狽的連退好幾步，站都站不穩。

丁沖依然氣定神閒。看著天空，依然連看都不看我一眼。

我心中又急又氣。不知道是氣自己打不贏他，還是氣他對我如此不屑一顧。

回到擂台中央，我氣急敗壞的胡亂砍劈，而丁沖卻是一招一招的破解，甚至在這過程中，我的衣服雙手，都被他的刀氣，衝擊得傷痕累累。

我愛恨交集的情緒糾結到了一個程度，幾乎失去理智，我毫不防備的使出絕情劍法致命絕招。我一躍而至他的正上方，前胸卻露出一大片破綻。我心想，死在他手上也許是我心底最深處所期望的。

電光火石間，利刃，刺進了胸口……

而胸口上的血，漸漸的滲透出……我看見了他胸口上刻下的「素」字……

他並沒有出手，反而任憑我的劍，刺進他的心。

「為何……你……為何不出手？」我聽到我的聲音，是沙啞的……

這時丁沖，終於正眼看我。

「我看到……妳的胸前……刻下了……我的名字。」丁沖臉上的冰似乎融化了，露出了那曾經讓我魂縈夢牽的笑容。

「讓我想起，我當初……為何要孤獨以求功名。」丁沖的口中，流出了熱血。

「我太傻了，以為天下第一……才配得上妳！」這句話，成為了丁沖這輩子，最後的消息。

「劉素素，勝！」隨著戰鼓宏鐘般響起，我的哭聲，卻被掩沒在成群的歡呼聲中……

後記

這篇文章在網路上，毀譽參半。

我個人，很愛。

要知道在現代生活中，有很多不能表現的部份或是想像，利用不同的時空背景，就可以做些天馬行空的變化。

然而這篇文章想說的還是男女之間的溝通。

男人總是自以為自己是大男人，夠厲害，可以將家庭生計甚至宇宙萬物扛在肩上，然而女人其實往往只要一個好男人，能夠陪在身邊。

於是男人奮不顧身的追求名利，女人奮不顧身的追求愛情。

兩條方向不同的軌道，最終還是會走向不正確的結果。

丁沖為其代表。

21 單身

躺在床上紅著鼻子的是我。

整堆的衛生紙一坨坨不規則散落滿地，我生病了。

惟獨這種時候，單身的壞處，才會在我腦海中閃過。

離婚至今二十年，一晃眼，我也已經四十歲。經過這麼長的時間，我努力地工作打拼，努力想要證明，離開一個男人，女人可以過得更好。

於是剛離婚的前幾年，我總是在意 David 有沒有交女朋友、交女朋友後有沒

有幸福、是否會結婚，更會在意他在離婚後的工作有沒有加薪、有沒有升遷。

而我則是極力地在各個方面改善、加強。

我去割了雙眼皮，讓眼神更水漾；我去練習瑜珈，讓身體更有曲線；我去學習溝通與說服，讓我的業務技巧更好；我省吃儉用，只為了每次出門都能穿著一套套大家口中叫得出的名牌貨。

我們離婚時對彼此說著，要更幸福喔！

但我知道我們彼此都暗自較勁著「一定要比你幸福」，這才是證明離婚對錯的最好證據（我心裡是這麼想的）。

那一年，只因為我想要從事工作時間不固定的業務工作，我們開始了爭執，而因為工作無法配合 David 他家的正常作息，一次次的摩擦後，終於導致離婚。

我從來不懂女人為何一定要配合婆家，也從來就不能接受，為何結了婚，就不能夠擁有自我。

於是，我選擇了單身，愛上了單身。單身，單獨的身體，再不用受人擺佈。

幾年後，我想我證明了我的決定。我的年薪遠遠超過了他的收入，而他，雖然再婚了，但聽說也就是平淡無奇的生活，他再也不在我的聯絡名單內。因為我知道，我憑自己的力量，已經將這種陰霾一掃而空。

就在這個感冒的下午，我接到一個多年前的好友傳來的訊息。

「David 過世了，昨天，在台大醫院，腦癌」。

我是驚訝的。算算他也不過才四十幾歲。除了感慨之外，我察覺心裡最底層的某種情緒，似乎蠢動了起來。

幾天後，我出現在他的家裡。

如我所料，傳統公寓的裝潢、小小的兩房一廳，小孩子們與老婆擠在二十出頭坪大小的房子裡。

我靜靜地上了香，看著David的老婆秀玲，也是四十出頭了吧。微胖的身材，地攤貨的家居服，很奇特的，我心裡已經沒有任何想要比較的心態。

「謝謝妳來，家裡很小，不好意思。」秀玲有著某種鄉下人的淳樸。

「別這麼說，應該的……」我環顧著屋內，心裡竟有種說不出的寧靜。而當我的視線停留在牆壁上的刻痕時，秀玲也注意到了。

「不好意思，那個是……」

「是幫小朋友量身高吧。」我不自覺得就脫口而出了。他老婆感到一絲驚訝，微笑以對。

「是……」

忽然一道黑影在我腳邊閃過，我看到了那是一隻毛絨絨的小黑狗，露著小小的虎牙看著我。

「啊，不好意思，他不會咬人的。」秀玲尷尬地連忙解釋。

我抱起小黑狗，雙眼和他對視著。

「妳是……黑妞嗎？」

「……對……」秀玲睜大了雙眼，加深了她的訝異。

而我也漸漸地、漸漸地想起，為什麼，這地方讓我如此熟悉……

收拾起我略微紊亂的心情，我向他老婆致哀後，準備離去。

走到門口時，我開口。

「你們家真溫暖，如果這裡有種著滿天星和百合，就更棒了……」

秀玲遲疑幾秒鐘後回答我。

「後院……種在後院……」

換我驚訝了。

「再見……」

我慢慢地走出他家，帶著百感交集的情緒，而迎面走來的是一個穿著小學制服的可愛女孩，與我擦身而過。

我停了下來，回頭看見小女孩走進了我剛才走出的門口。

「愛琳，妳回來啦！」我聽見了他老婆的叫聲。

我觸了電似的站在原地。

我想起了這一切都是他刻畫好的人生藍圖，就在當初他提給我的「幸福企劃書」裡面。

David：「我們要有一個小小溫暖的房子，然後牆壁最好是白的，可以讓我幫小孩子刻下他們每一個月、每一歲長大的身高；然後我們要養一隻小黑狗，就叫做黑妞；如果房子前面有庭院最好，如果沒有的話，要在後院種下妳最愛的滿天星和百合。」

我想起了當年我的感動，我曾經和他一起想著，只要擁有這些，就是幸福。

「我們不需要賺太多錢，只要大家開心就好，一家人在一起最重要！」

走出他們家巷口，我多年不見的眼淚，卻在眼眶轉著。

「如果有女兒，就叫做愛琳；男孩，就叫做艾衛，好嗎？美琳。」

一邊懷抱著回憶，一邊含著眼淚的我，慢慢走向我停在巷口的賓士車。

我今年四十歲，單身……

後記

結過婚的我對於這篇文章，感觸良多。

也許多少有我自己的心情投射在其中。

只不過，對現代人而言，結婚的結果，真的很難輕言斷定對與錯。

離婚亦然。

身邊有太多離婚追求自我而成功的例子。

當然也有婚後撐下來獲得美滿家庭的範本。

只不過在婚姻中的人，有其苦衷；在婚姻外的人，有其樂趣。

因此藉由這篇文章，其實我想說的是，認清自己要的是什麼，一直是現代人搞不懂的課題。

想要擁有家庭，也許就得放棄些什麼；想要擁有自己，也許就得放棄些什麼。

如果不想清楚就貿然決定，往往會造成另外一個人與你白費時間……

22 頭七

我是個情婦。

三十幾個年頭的人生中，我花了將近五分之一的時間在他身上。

我平時不敢出門，怕他臨時有機會可以來找我。

我睡覺不敢關機，怕他忽然喝醉酒會打電話給我。

而他，是我老闆。我曾經在他辦公室見過他老婆一面，她叫做雅玲。

雅玲非常有女人味，像水一樣。光是聽她講話，就可以想像老闆當年為何會

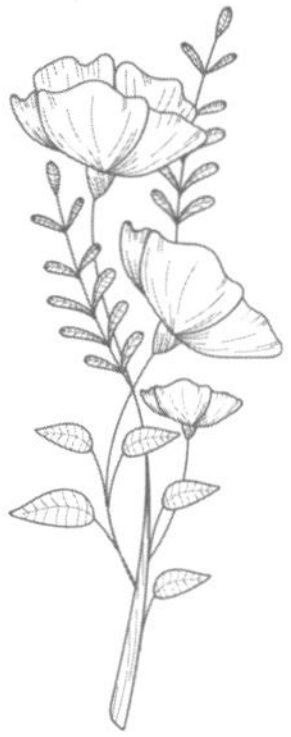

愛上她。

老闆與雅玲，看起來就像是天造地設的一對，而我，卻在七年前一次慶功宴後，和老闆發生了第一次關係，介入了他們婚姻。

從此之後，怎麼斷也斷不乾淨。我認命的像隻貓，相信著他會離開雅玲的承諾。

事實上，我也發現他留在我公寓的時間越來越長，有時候一個禮拜內，可能比留在他自己家的時間還長。

我癡心盼望著，某一天他與雅玲步入戶政事務所辦理離婚手續後，他會堂皇正大地將我介紹給公司裡的同事，說我是他的太太。

不過這一切，都在飛機失事的新聞事件後，化為空想。

從日本飛回台灣，短短的三個半小時的旅程，竟成為了老闆人生的最後一段路。

這次再見到雅玲，明顯瘦了許多，那原本就瘦弱的樣貌，越發纖細地令人愛憐。

雅玲來到公司一趟，為的是拿回老闆放在辦公室裡面的衣物，而當業務部副總 Roger 過去輕拍雅玲的肩膀時，雅玲忍不住崩潰地哭了。

「雅玲，不要難過，我們都會支持妳的！」也過來附和的是 Roger 的秘書 Jenny。

「是呀，雅玲，老闆一定不希望看到妳這個樣子……」Roger 也細心地安慰著。

看著雅玲的神情，我強忍著自己的淚水。

我心想，在場除了雅玲之外，最難過的人應該是我……

「謝謝。今天……是 James 的頭七，他的親人都不在，你們可以到家裡陪我一起守靈嗎？」

Roger 看了一下 Jenny，再看看身邊業務部的同事。

「沒有問題，大家都一起去吧！」

「好呀！好啊！」看起來業務部那七、八個人，都會去。

「我也去……」我知道我說得很突兀，一個會計小姐硬要混在一群業務部同仁裡。

他們一起看著我。反倒是雅玲出來解了圍。

「謝謝妳，妳是……Bianca吧？謝謝。」

傳說中，頭七是死去的人，不了解自己已經死去，因此會在死去後第七天，回到家中一趟，到他最熟悉的地方，做他最熟悉的事情。

雅玲擔心，怕James的魂魄還迷失在失事現場，並沒有被招回來，這樣的話，就會成為孤魂野鬼了。

「別擔心，老闆平時開車方向感最好，他一定知道路回來的……」Roger半開著玩笑說著，不過大家一點也不覺得有趣。

一群人坐在 James 家客廳看著 James 的靈位，氣氛不免有點詭異。

而時間，從十點過後，一直到十一點半左右，大家都開始不太說話，因為傳說中頭七的人回來，不會從大門進來，也有可能化成不同的昆蟲回家。

每個人的神經都緊繃著注意身邊任何的變化。

一直到了十二點……一點……

大部分的人都開始疲倦了。而我知道，超過一點以後，回來的可能性就小了……

「雅玲，不好意思，太晚了，我想，我先回家了。」我假裝打了個呵欠藉故想要離開。

「我才不好意思，真是麻煩妳了……」雅玲非常客氣一路送我出了門口。

而我則是瘋了似的招攔計程車，並且要計程車一路疾速前進。

「James，回家了……James，回的是我們的家。」

我口中喃喃地唸著，發了狂般下了車，拿出鑰匙開了門衝進家門，沿著家中四周，在我預先灑下的石灰旁，睜大眼睛一吋一吋檢查著。

我必須知道這個答案。James 回的是我的家……我必須知道……

回到家後沒停下來的我，上上下下裡裡外外都檢查了不只一遍。

當陽光透進我的落地窗後，我頹喪地攤在沙發上。James，真的找不到回家的路了……此時，這幾天我體內累積的情緒，一股腦地、使了勁似地發洩著、大哭著……

早上九點鐘。我依舊準時畫好妝出現在辦公室。電腦螢幕上的通訊軟體傳來一則訊息。

「聽說，昨天頭七，老闆後來有回來。不過……是回去 Jenny 家，還和 Jenny 撞個正著。Jenny 嚇到，今天請假去收驚了。」

我必須知道這個答案……而……我知道了……

後記

這文章有我一貫的想法。

那就是不到最後關頭，人不會表現其真意。

有時候常想問，如果今天是你生前最後一天，你會希望身邊陪的人是誰。

通常這樣的問題在人前詢問，一般人一定會講現在的伴侶。

但是事實上如果只有最後一天，摸摸自己真心，最希望的真的是她嗎？

可能不然。

也許有些人希望和性感偶像、也許有些人想起從前男友、也許有些人寧願自己一人……

人生就是因為有這種表與裡，才會產生如此多的故事。

真與假、對與錯，總是在不同角度看到不同答案。

怎麼知道老闆去找 Jenny 做什麼呢？

23 白色巨塔內的故事

我叫做 Mina，今年三十八歲，談過幾次失敗的感情，沒結過婚。我不是個特別的人，個性一般，嗜好普通，比較特別的可能是我的職業。

我是個外科醫生。

對於病人將生命交付在自己手上這件事情，初期感到惶恐，後來覺得有壓力，到現在則是將它當作工作般，只管盡力完成。

忙碌的工作讓我長時間在醫院內生活，接觸的人多半是病人、家屬、同事、

護士等等。

說真的，我沒什麼機會認識好的男人，何況我討厭相親。

也因此，透過社群網站或是交友軟體認識朋友，變成是我的主要管道。

一個半月前，一個新的神經科江醫師轉到了我們醫院。

我看過他的人事資料，他的英文名字是 Eric，平時喜歡聽音樂，沒什麼特別嗜好。

在他轉到我們醫院的那天傍晚，我的通訊軟體出現了 Eric1012 的新聯絡人要求加好友。

我心想：「天秤座男人，不錯。」

於是開始了我們的第一次交談。

「剛轉到這邊來？」我問。

「是呀！」

「一切還習慣嗎？」

「嗯嗯！」簡單寒暄幾句後，我得去巡房，於是結束了我們的第一次對話。

在醫院裡面，我和江醫師很常會見到面，但是不知怎麼地，似乎有默契似的，見了面都不太交談。

不過上了線之後，我和 Eric1012 卻是非常契合。聊私人生活、聊音樂、聊電影，也可能是工作太煩了，我和他之間幾乎都不講工作的事情，我想也是因為這樣我們才可以聊得這麼愉快吧。

就這樣過了一個多月，我漸漸發現，我喜歡上他了。

每天期待著與他傍晚的上線約會，時間雖然短暫，卻足夠調劑我一天緊繃的生活。

就連我的病人王先生，都看得出我的喜悅。

「楊醫師，妳好像每天一到傍晚，心情特別好。」一早，王先生躺在病床上開著我玩笑。

「沒有啦，你好好休息，病人不要管醫生的事情。」王先生是個樂觀的人，肺癌末期，還在考慮是否要再開刀。

這一天傍晚，我和 Eric1012 在線上講到了感情的問題。

「妳沒有想要結婚嗎？」他問。

「……沒有人要啦……」這頭在電腦前的我，不自覺得臉整個紅了起來。

「怎麼會，可以的話，我第一個報名！」面對這麼直接的對話，我尷尬地不知道該說什麼，只好草草結束。

「不說了，我要去巡房了。」我趕緊離線，平復我喜悅的情緒。

令人錯愕的是，兩天後，我聽見護士小姐告訴我的消息。

「真是的，要做那樣的事情，應該要把門關起來吧……」

「聽說是江醫師主動的……」醫院內流傳著江醫師與護士陳小姐之間的風流韻事，聽得我臉都沉了。

不小心在走廊上遇到他，他的表情尷尬的像是看到鬼一樣，低著頭快步離去。

我的心，很難受。

再度到了傍晚，我看著電腦螢幕，卻選擇不再上線。

我不知道面對他應該說什麼，我想，我還是無法得到一段真正的感情吧。

就這樣過了幾天，我一直在低氣壓中度過。忽然得知王先生，決定要接受成功機率很低的手術，他決定面對挑戰。

我告訴自己，將感情放一邊，我要先救回我的病人。

只不過，經過了四個小時的努力後，手術失敗，王先生走了。

對於自己的無能為力，沮喪的我，忍不住留下眼淚。出了手術室，我又在轉角遇到江醫師，忍不住告訴他王先生的事情。

「喔……不過，是哪個王先生呀？」江醫師一副沒聽過這個人的樣子，讓我的火氣一股腦兒地升起。

「王先生呀！我的病人！上次線上聊天有和你提過的，你裝什麼傻呀？」我的聲音大到走廊上的人都停下腳步了。

「……對不起……楊醫師，我不用聊天軟體的……我真的不知道妳在說什麼。手術失敗了，我很難過……」語畢，江醫師快步離開了。

這時候的我不但難過而且驚訝，看著王先生的病歷，我有點出神。忽然，我看到了病歷上面，王先生的生日。

那是十月十二日，天秤座。

像是想到什麼似的，我趕緊跑往休息室，打開電腦，我看見了幾天前，Eric1012 傳給我的訊息。

「Mina，我真的很喜歡妳，如果能活著回來，請妳嫁給我吧！」

我恍然大悟。只不過，那天以後，Eric1012 沒有再上過線了……

後記

人生真的很無常。

年紀越大，我越是這麼覺得。身邊有許多工作夥伴，或是因為工作上認識的人，在這幾年裡面，陸續傳出身體不好或是過世的消息，總是令人唏噓。

我覺得人真的要珍惜時間。珍惜留在世間的時間，只不過，我並不會鼓勵一定要陪家人、陪愛的人這類，我倒是覺淂，時間一定要花在自己覺得有意義的事情上面。

有些人投入工作，完成令自己抬得起頭的事情；有些人投身家庭，將時間花在培育自己的小朋友上面。

每一種意義，都需要由自己認定。

讓每一分、每一秒都要認真活著，讓自己死後不會後悔，我覺得才是生命的意義。

24 抓猴

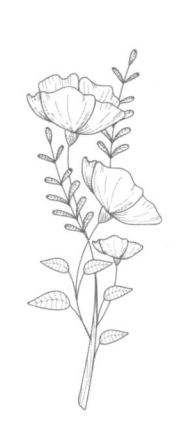

他出門了。

我迅速穿起我的風衣、戴上墨鏡，心裡雖充滿緊張，但也帶點興奮。

自從發現他行動可疑以來，這已經是第三個禮拜了，我向朋友借了長距離的專業照相機，試圖拍下讓他啞口無言的證據。

背著包包走出門口前，看到牆上掛著我們結婚照，我心裡竄過一絲無奈。

曾經是被這麼多親朋好友齊聲祝福的天作佳偶，今天看著我的裝扮，想著我要做的事情，真有點難以接受。

這三年來的婚姻生活，第一年甜蜜、第二年恬靜、第三年填空……已經不是平淡可以形容了……

天秤座且對人生不求努力的他，以及射手座愛面子的我，斷沒料到在人生成長的過程中，漸行漸遠。

一個想要早日擁有小孩平淡度日的老公，以及追求工作、生活、家庭都精彩的老婆，兩者之間的隔閡越來越大。

到了第三年，每到週五，就是他打他的麻將、我出去喝我的酒，一直到週六晚上，有時甚至到了週日，兩人才會見到面。

婚姻至此，我不能說我沒有責任，只是，我也無力挽回。

跟著老公穿過了幾條巷子，他像是完全不擔心會有人在後面跟著。

其實到了這時候，我也沒有生氣的感覺，只是純粹想看看，究竟我的老公，會和什麼樣的女人出軌。

果不其然，他走進了上次去的旅館，而我，早就在上週因為跟蹤到這個地方苦無證據揭露，而在旅館對面的大樓，找到了一個可以拍攝的好角度。

我躡手躡腳躲過了管理員的眼神，搭上了電梯直達頂樓。

不知為何我在這時候竟想起了「無間道」裡面的黃秋生……

到了頂樓後，我調整了一下方位，利用照相機的遠距離功能，一間房一間房的搜尋著。

沒多久，我看到我老公走進了七樓右上角的房間，笨拙的他，也不懂得將窗簾拉起。

這也是我不喜歡他的地方，老是不在意一些小細節，更不會照顧女伴的心情。

老公脫下外套後，坐在床上緩緩地抽起了香煙。看起來，他似乎異常老練。

這時候我感到我的心跳加速，心情很複雜。

沒多久，老公站起來了，他走向門的方向，卻因為死角的關係，讓我無法看見對方是怎樣的女人。

我只能看到老公的腳，看起來像是站著說話的感覺。

難道是金錢交易！或者是援交！

一瞬間我又有點擔心老公遭到仙人跳，不免替他擔憂起來。不過一轉念，又覺得是他自作自受，怨不得人。

緩緩地，老公往窗邊移動，我握緊相機，準備一連串的快門拍攝。

這時我卻看清楚，跟在老公身邊的，是個面貌清秀的年輕男子！

我心裡的震驚大到相機差點掉到一樓去！結婚三年的老公，竟然是個同性戀者！雖說我對同性戀毫無偏見，但一想到枕邊人竟然愛的是男人，我整顆心亂到極點。

年輕男子慢條斯里的將外套脫下，走近我老公，忽然他發現窗簾沒拉上，探頭探腦地看了看左右後，放下了窗簾。

我，什麼都沒拍到……但，什麼都知道了……

一路上思緒紊亂，回到家後，我故作鎮靜坐在客廳。我想，是該攤牌的時候了……

兩個小時後，他回到家。

「老公，我有事想說……」

他若無其事地坐在沙發上，面無表情。

「沒關係，我都知道……」

隨後他丟了一疊照片在桌上，而最上面的幾張，是我與其他男人交歡的畫面……

原來，那男人是偵探……

原來，早被抓到的人，是我……

後記

身邊有朋友問我認不認識徵信社。

我愣了。

因為她要抓他老公在床，這樣才可以名正言順離婚。在法律中，她可以順利獲得小孩的監護權。

寫故事，通常不要有背後意義比較好。

可是寫完故事後，卻自然會產生背後意義也不錯。

這篇抓猴的故事看到最後，如果可以讓妳產生「我做的壞事，有沒有被抓到，趕緊想一下」的話，我想這是篇滿成功的短篇小說。

當然不限定於外遇，而是在男女交往中，兩人之間產生問題的時候，第一個反應如果只是想要找對方問題，那麼通常情況不會改善。

如果兩人間的問題發生了，彼此都先考慮自己的部份，我想，溝通的情況會順暢得多。

別只是想抓猴唷！

25 愛情時空

「我們，回不到過去了……」你說這話的時候，臉是微微撇過去的。

而我的眼淚，已經不聽話地往咖啡杯裡滴落。

我的手，則是無意識地攪和著那杯加了淚水的拿鐵。

雖然最近幾個月，我明顯感受到阿男的變化。最近我習慣性地嘲笑他，他卻不再習慣性回嘴；我習慣性地打他，他卻不再習慣性演出激烈的反應；我習慣地睡前 LINE 他，他卻不再情話綿綿。

但，我沒想到會是這結果……

「你記得……五年前，你第一次和我說話的時候嗎？當你第一次說『同學，這裡有人坐嗎？』的時候，我明明幫秀慧佔了位子，卻還是抗拒不了你的笑容。」我很勉強地將這整段話說完整。

「我記得……不過，這些年來，我們兩個都變了些。」阿男帶了點心虛地說著。

「我沒變呀……阿男，我還是喜歡你。如果是你自己變了，就說你變了；如果你喜歡上別人，就說你喜歡上別人。別把我也扯進你變心的藉口中……」我的聲音明顯提高了不少吧……

因為咖啡廳吧檯的服務生，停下了沖咖啡的動作看著我。

「妳確定……妳還是喜歡我？也許，只是習慣了呢？」阿男永遠冷靜。

「我當然還是喜歡你！」我輕拍了桌子。

「包括我去年開始抽菸？包括我每天加班？」阿男說得沒錯。這些地方，真的讓我很不喜歡，我們之間，也因此爭吵了許多遍。

「Monica，妳喜歡的是以前的我，可是我已經社會化了，但妳沒有……應該說不夠，應該說，妳的改變……跟不上……我的改變。」

阿男起身想要離開。

「阿男，你不要走嘛……我真的還是喜歡你，不管是現在的你，還是五年前的你，我對你的感情，都沒改變。」

話尚未說完，阿男已經走出咖啡廳。

我號啕大哭，一直到桌上的衛生紙都被我用完了。

我無法認同阿男一開口說的那句話：「我們，回不到過去了……」

因為，我回得去……

從出生以後，母親就告訴過我，我們家女孩子，有著與一般人不同的能力，就是在一生中，可以回到過去，一次。

因為僅只有一次，所以母親臨終前不斷告訴我，要珍惜這樣的機會。但，千萬不要用在感情上面。

坦白講，我從來也沒有想過，我會需要用到這樣的能力。

和阿男在一起後，交往、結婚、生小孩、一同死去……在我認為，這就是人生的一切，也是這趟人生中，無須再回顧的經歷，因為和阿男在一起，就是全部。

但是沒想到兩年後畢業出社會，我和阿男各自找到了自己心中理想的工作。阿男進了廣告公司，而我則是在貿易公司上班。

升職當上主管的阿男，壓力更大，要管的事情更多，更是常常心有所感的說些工作上的事情。

我真的不太能心領神會。

但我不想承認，我們倆之間產生了差距。於是，我依然用我們熟悉的相處模式，試圖讓他回想以前學生時代的我們，多麼甜蜜。

看起來，我錯了……

現在我能做的就是，利用家族遺傳的能力，回到過去，再次掌握這個我最愛的男人。

在依循母親遺留下來的方法回到過去後，我看到了令人好懷念的場景。

那是我們學校的教室。

而我，就坐在我們第一次見面的位子上，上課鐘聲剛響，同學三三兩兩進教室。

我看著身邊的空位，已經被我用書本佔據，那是幫死黨秀慧佔的位子……

我的心裡忐忑加速跳動，因為我知道，我即將遇到這輩子最愛的男人。

「同學，這裡有人坐嗎？」

我幾乎不用轉頭就可以認出這是阿男的聲音。但我還是要裝作第一次見到他，於是我回過頭去，看見了五年前還在大學讀書的阿男。

「………」我，說不出話來。

「同學，這裡有人坐嗎？」阿男問了第二次，當我看到他稚嫩的臉龐後，一種無以名狀的感情撲向鼻頭，我的眼淚，再度從眼角滲出……

「……同學，妳沒事吧？」阿男依然溫柔地詢問著。但，我的心中，就像是抓到了什麼似的，瞬間，堅定了起來。

「沒事……」

「那麼，這裡有人……」阿男依舊親切問著。

「有的，對不起，我幫我同學佔了位子。」而我說話的口氣，堅定得有如阿男離開咖啡店時的步伐。

「……哦……好。」一愣之後，阿男離開了。而我，終於第一次清楚地了解了阿男的感覺。

我們，回不到過去了……

即使我真的，回到了過去……

現在的我，喜歡的不是這個年輕大學生。而是五年後，那個成熟的阿男。

但五年後的阿男，卻已經不喜歡五年後的我。

我終於知道，在愛情時空裡的分秒之間，愛情會隨著兩人的改變，而改變……

後記

離婚後的這幾年，常常在酒後說著，如果可以回到當時，也許我就知道怎麼做，也許就不會離婚了。

某一天一群酒鬼和我胡言亂語的時候，就提到，如果你真的回去，現在的你，也不會喜歡當時的她，當時的她也不一定喜歡現在的你呀。

我當那是酒醉話。

直到幾年後我們又相遇，我發現，許多想法，或者是習慣，她明顯地變了，我也變了。我對她說的某些話題厭倦了，我發現即使現在有機會再在一起，我也不想了。

於是，這個故事產生了。

人當然不可能回到過去。

只不過就算回到過去，會是好事情嗎？

如果現在的妳，處於分手後想回到過去的狀態中，請靜下心思考。

讓H的文章，可以產生些作用吧！

26 人生

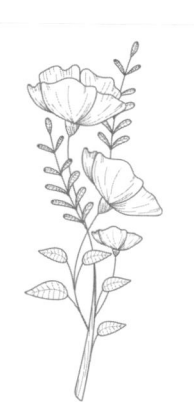

這不是人生！

自從早上在捷運裡，被變態男捏了我屁股一把之後，接下來的遭遇完全都不是我能接受的現實。

我，三十一歲，兩年前從Boston（波士頓）讀完書回到台灣，進了公關公司後，不但每天被豬頭客戶煩得半死，還要面對無能的主管，我更是欲哭無淚。

從小就被教導，要好好讀書，將來可以過好生活。

我從不懷疑，力爭上游、名列前茅，只為了要改變自己家中不甚優渥的環境。為了出國拿學位，不想讓家裡增加負擔，我更是連續打工了十年，將存來的錢當做學費。

兩年前學成回國，卻聽說台灣進入M型社會情況嚴重，貧富兩頭挑，看你要到左邊，還是到右邊。

我挑不到好的那邊。

於是我開始了一個月約莫三萬元薪水的生活，扣掉通勤費用以及每天中午的便當錢，我估計一個月可以留下兩萬，一萬拿回家裡，再繳個幾千的保費，我不知道生活還可以有什麼娛樂。

幸好，我認識了這輩子最重要的男人。一年前我和 Tommy 結了婚，如果說，這輩子活到現在，有什麼讓旁人羨慕的好事情，這應該排得上首位吧。

只不過，今天還是最糟的一天。

捷運上被變態男捏了一把後，我雖然狠狠地回頭瞪了他一眼，但是他一臉毫不在乎的表情，卻讓我也說不出任何話來。

到了公司，因為前一天小主管的個人疏失，使得大主管破口大罵。小主管為求脫罪，血淋淋地將責任推到我身上。於是乎，大主管就當著全公司三十幾個人的面前，痛罵了我三十分鐘。

會議結束後，因為責任已經被推卸到我身上來，連帶客戶端的窗口，也是一通電話殺到，我拿著話筒，耳朵再度被強暴了將近一個小時。

想說快要接近中午休息時間了，人事部再來一通電話通知我，幾年前我出國讀書的時候，有部份稅金沒交代清楚，國稅局來函通知，若不繳清，公司將會扣我薪水……

至此，我真的體驗到，啞巴吃黃蓮的真諦。

「明明不是我的錯，為什麼我一定要承擔？」

「客戶其實也知道，卻還是故意要找個人來出氣，他夠膽就去對 Abby 吼，對我吼？哼！」

我滿口飯粒卻還是對著 Tommy 大吼大叫。

「好啦！別生氣了，事情都是這樣啦，這就是人生呀！」Tommy 一貫溫柔地告訴我，人生的通則。

「這算什麼人生！我必須一直壓抑真實的我，一直看著這些搞不清楚真相的人，在那邊指指點點？」

「他們也無奈吧……搞不好，他們也掩藏真實的自己，做自己不喜歡的事情呢！」Tommy 溫柔的口氣，總是可以讓我的怒火稍微平息。

「好啦，我知道啦，這就是人生，對嗎？」在煩了老公半小時後，我的氣也消了。

「那我先回公司了，妳還要在這邊坐一會兒嗎？」

「嗯，我吃完就離開。」

走回公司的途中，我忽然想起來要到國稅局補繳那幾年前的稅金（過了三年才來通知?哼!)只好轉頭繞道改去搭公車。

巧的是,一擠上公車,我就看見了那張我忘不掉的臉。

那是早上的變態男,但他沒看見我。

變態男的臉面向我,但他的手,依舊抓在他身前,那個背對著我的人屁股上。

因此我可以很清楚看見,他的手在別人屁股上的猥褻動作。

在經歷了早上的一堆鳥事之後,我怒由心生,緩緩地推開人潮往他前進,我打算揭露這個王八蛋的惡行,我要讓他知道,這世界不是他想的這麼簡單。

不料當我走到受害者身後時,我聽到了受害者的聲音。

而他是面對著變態男在說話的。

「這算什麼人生!我必須一直壓抑真實的我,一直看著這些搞不清楚真相的人,在那邊指指點點?」

我聽了不禁一愣。

這不是我的台詞嗎？

而變態男，竟然溫柔的對著她說。

「別生氣了，大家都是這樣過日子的，這就是人生呀！」

瞬間變態男意識到了我的存在，一抬頭與我四目交接，神情又是緊張，又是害怕。

而這個背對著我，被變態男捏著屁股的人，發現到變態男的眼神後，也跟著回頭。

面對這時還牽著手的他們兩人，我終於知道，這世界不是我想的這麼簡單……

也終於知道，今天早上，變態男捏我屁股的原因為何……

因為這個我眼中的受害者，是Tommy……

後記

這篇故事，寫得比較隱晦，不知大家能否了解。

基本上，我認為有好多種人，是疲累的，只是大家往往只會看到自己的累……一如文章中的客戶、主管，甚至是變態男，大家都有自己的苦衷，而不得不隱藏著這些事情，辛苦的活下去。

因為每個人不同。

也因為每個人不同，才有這麼多的故事產生，才會產生這麼多的感情。

然而，這篇文章我最想提的是同理心的意涵。

假如說女主角一開始就不知道 Tommy 的性向，那我就覺得，她會遭遇到後面一連串的事情，是理所當然的。

而且，之後的人生，還是會繼續 go on……

27 轉角。遇到

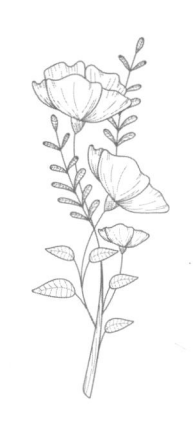

「如果是我的話，我會怎麼走呢？」看著店家轉播的時尚走秀模特兒，我心裡暗自思索著。

不自覺摸了摸自己腰邊的贅肉，不禁也笑了起來。

都三十好幾了，還在做這種不切實際的夢，想起經營生意而負債的老公，我回到現實世界，還是好好地計算，月底要如何向大姐開口借那兩萬元來得實際。

走過鬧區的街道轉角，忽然一個熟悉的輪廓跳脫了旁邊的人群，直映入我眼簾。

印象中，那是一段甜美的記憶。

我曾經和這男人那麼親密過，而現在的他，穿著西裝，體面大方和類似客戶的人正打著招呼告別。

我征征地望著他好一會，直到他的眼光掃到了我。

他緩緩走了過來，眼中滿是驚喜。

「好久不見了！」更靠近點看他，更能體會他現在散發的魅力。

很自然地，我們找了間咖啡廳坐了下來。

他最後一次給我的印象，是當兵前的小平頭造型。對照現在他的紳士風味，我真有點難以結合。

「好久了吧，我們倆都沒有見面。」他率先開頭。

「對呀，自從你去當兵後……」講到這邊，我不禁心虛了起來。

高中畢業後開始交往，從大學時期到畢業後的五年間，我們兩個無話不談，也有數不盡的海誓山盟，都在那段時間裡用各種不同方式向對方表達。全台灣可以去得了的名勝古蹟，也都留下了我們小摩托車的「胎痕」。但最後，我卻兵變，只為了一個開著 BMW 來接我的男人—當初是我老闆，現在是我老公。

「妳沒去當模特兒嗎？」他還記著我的夢想，認真問著。

「別笑我了，現在這樣子一看就知道是家庭主婦了吧。」

我發現他的眼神移到了我的手指上，看著手上戴的婚戒。

「妳結婚了？」

「嗯……」我尷尬地回著話，很自然地也往他的手指方向看過去，卻剛好被他的另外一隻手擋住。

兩人之間的尷尬指數瞬間上漲，這時候服務生走了過來。

「兩杯咖啡不加糖，不加奶精。」他邊看著我、嘴角笑著回應服務生的問題。

他還記得我喝咖啡的習慣，而且還是那麼溫柔。

因為時間過得太久，更多不堪的往事，現在才一股腦地浮現。當年我選擇和他分手，和現在的老公在一起時，聽說他在軍隊裡面非常難受，不但被處罰，還被整得很慘。

「過得好嗎？」他關心問著我，一副怕我受到委屈似的。

「還好，老公對我還好……」我一邊講著，一邊卻想起老公前兩天晚上喝酒推打我的情景，不自覺地頭低了點。

他皺了皺眉。

「妳的頭低了二十五度，我們討論過，你記得嗎？只要是頭低了二十五度，就代表妳想到不好的事情，不願意人家知道。」

聽到這裡，我似乎像被觸動了什麼，眼淚，竟然在這時候流了下來……

「不開心，就離開他，妳可以選擇更好的生活。」這時他的手伸了出來，就像從前一樣溫柔地放在我的手背上。

我注意到他的手上也戴著戒指。我心想，他既然也已經結婚，為何還要對我說這種話，霎時間我的思緒有點混亂，但腦海中閃過一道光，卻讓我想起了那段記憶……

在某個夜市，我們買下了一對戒指，絲毫不起眼。但我們卻在學生時期一直戴著，直到那輛 BMW 的出現，我才偷偷取了下來。

他手上戴著的，是那個戒指……

我的心情一下子激動了起來，我的初戀情人，事業有成，並且還在癡情地等著我。我無法按捺我現在的情緒，卻認真思考起，要如何向老公開口、要如何辦理離婚、要如何對爸媽以及小姑他們說明我這衝動的決定。

他的手握得更緊了，而我邊流眼淚邊看著他，嘴巴微微抖動，卻是什麼也說不出來。

時間似乎靜止了好幾個小時……

「媽，我下課了！」下了課的女兒忽然出現，我趕緊抽出了被他壓在桌上的手，才想起我走到這條街的目的，回到了我的現實世界。

深呼吸整頓了自己的心情。而他也因為我幼稚園女兒的出現，回復了正常。

「妹妹，叫叔叔！」

我牽起女兒的手，起身要離開。

「你想太多了啦，我過得很好！」牽著女兒的我走到咖啡店門口，不忘回頭假裝自己的遺忘。

「你的結婚戒指很好看！」說完後，我再也不敢回頭，牽著小妹直往前走。

一直走到路口，因為紅燈我停了下來。

女兒抬頭看著我。

「媽咪，對不起，我讓妳等太久了，妳不要哭啦！」

我抱著女兒，什麼話，也說不出來……

後記

大部分的人生故事，都發生在日常生活中不被注意的時間點，不被預期的場合。諸如朋友帶來了新的男朋友，卻是幾年前自己的男朋友；去參加別人的婚禮，卻碰上前男友與他的新女友。當然，也會有很多好事發生在這種情況下……

不過這個故事主要是想聊女孩子對於買股票的心態。

挑好男人就像是買股票一般，不能只看眼前的股價，更要看它一路走來的漲跌，才可以判斷這是支潛力無窮的股票，亦或者是績優股。

不過很多女人就像是菜籃族買股票一樣，人云亦云。

不去了解這個男人的能力、不去看這個男人的性格，只會一昧注意這個男人的身家，只會看這個男人目前可以給的物質享受。

買錯股票只是一時的賠錢，選錯男人只怕是一世後悔。

女孩們，請三思……

28 前男友的婚禮

三十分鐘前，我都還在懷疑我的決定。

來參加前男友的婚禮，是需要相當大的勇氣，尤其是經過這幾年，胖了超過十五公斤的我。不過，在仔細思考過我當初與他的交往情形（沒見過他爸媽，沒認識幾個他的朋友）後，我還是願意假裝大方，將自己打扮得美美走進這個會場。

約十年前，剛出社會時和他交往了一年，其實沒什麼爭吵，除了他最後不清不楚的分手原因之外，他實在算是個很棒的男朋友。

婚禮本身沒什麼特別，按照最近幾年台灣的慣例，婚禮前先播放男女雙方的成長照片（有小部分照片我看過），然後開始播放婚紗照。這一切，都讓我覺得索然無味，一直到司儀宣佈了今晚的特別遊戲規則。

「我們今天為了讓新郎、新娘，能夠得到每一位特別的朋友的特別祝福，我們待會會請每一位被抽到的朋友上台說說，他與新郎或新娘的關係，並且說出一件與他們來往中最特別的事情！」

關係！這下可好了，現場都是新郎認識的人，我斷不可能說自己是同事，或是小學或任何時期的同學，因為怎麼說都會被別人抓包，那，我要說我是他的前女友嗎？

這時現場也起了騷動，不過不同於我的驚慌，大家似乎非常樂於這個遊戲。於是在晚宴進行中，隨著不同菜餚上桌的同時，也陸續有許多不同關係的人，走上台對新郎與新娘說出祝福的話。

我則是持續冷汗直流。我祈禱，希望晚宴結束之前，都不會叫到我的名字，真的被叫到的話，乾脆落跑算了。

上台說話的人，有人哭著祝福、有人搞笑說著新郎的糗事，不過大抵都是些無關痛癢的話。

這時有個外型出色的女人上台了，臉上畫著合宜的妝，讓她的好肌膚看來更加出色，身上穿著優雅的禮服，襯托出她一身的好曲線。她一開口，全場立刻安靜了下來。

「我是新郎的前妻。」女人平靜地吐出了這幾個字。

「新郎很好，是個好人。對我、對我家人、對身邊的朋友，都很好。我印象最深的一件事情是，他最常對我說過的話，就是，**他最喜歡的，是我的美麗**。但我最覺得納悶的是，不到一年的婚姻生活，他便提出了離婚的要求，而我當初還是那麼的愛著他……」

我心裡漸漸浮出回憶，才想起十年前與我交往時，他的確提到了他剛離婚的這件事情。但我作夢都沒想到，前妻竟然是這麼美麗的女人。

雖然這位美女最後還是不免俗的恭喜了新郎，但全場的氣氛，卻充滿了竊竊私語的詭譎。

司儀為了沖淡這股尷尬，趕緊抽出了另外一個來賓的名字。於是從台下走出了一位相當斯文的女性，俐落的短髮，感覺上就像是在外商公司工作的高級主管。

「我是Sabrina，如果記得沒錯的話，我應該是新郎的前前女友……」

這下可好，我可真是又驚又喜。看來坐在台下緊張的人不只我一個，但現在我可一點都不害怕了。不過這時候，我倒是很好奇新郎的心情如何，於是我刻意起身眺望主桌的新郎，卻依然是一副平靜、喜樂的表情。不過同時，我也瞧清楚了新娘的樣貌，比起前妻的美麗，和這位前女友的幹練，新娘子即使是穿上了婚紗，還是那麼不起眼。

「我和新郎有過許多美好的回憶。不過我特別有印象的也是他對我常說的一句話，**他最喜歡的，是我的聰明。**可是，我也不懂，為何當初他會想要和我分手……」

聽到這段話，全場幾乎都安靜不下來了，因為幾乎是同樣的模式。新郎與前妻離婚、與前前女友分手。那麼這段婚姻，還有辦法得到在場來賓的祝福嗎？

隨著這兩位女性的發言，我腦海中畫面，也像是飄回了十年前交往的過程。隱約記得，他似乎也對我說過類似的話，但我一時卻想不起來……

「Maria 陳！」恍惚之中聽到有人叫出我的名字，我也不自覺的站了起來。「是！」我話一出口，就察覺叫我的人不是別人，而是司儀。我的本能反應將之前想要用的拙劣手段，一股腦地都忘光了。

就在我尷尬到不知道要用什麼關係上來說話時，新郎忽然站了起來，走上台。「我想，我需要對我一路走來的幾段感情，做個說明。」新郎接下來說的話，卻讓全場人為之動容。

「十年前的第一次婚姻，我追求著美麗的人事物，我認為，找到美麗的另一半，是我人生中最重要的事情。不過，當我發現，美麗不是人生的最終目標時，我選擇離開，並且謹慎決定婚姻對象，不再輕易結婚。」

「當我與 Sabrina 在一起時，我覺得她的事業能力與聰明才智，可以提供我許多幫助。不過當我發現她的聰明讓我的生活感到壓力時，我還是選擇離開。」

「在她之後，我覺得內涵與興趣相投才是我人生對象的選擇，於是我開始了與前女友 Karen 交往。不過當我發現自己罹患癌症時，那一切都不重要了，於是我再度選擇離開。」

「當經歷了幾年的治療之後，我覺得不離不棄才是我人生另一半最重要的條件，不是美麗、不是聰明、不是內涵，於是，我選擇了我妻子。」

話說到此，台下的觀眾已經掌聲如雷，我看到就連剛才上台的前妻與前女友，也都露出了認同並且微笑的表情。

而這時的我，也回想起了他對我說過的話，不自覺眼眶泛淚，並且決定悄悄離開這個會場。

我最喜歡的，是妳的身材……

十年前他是這麼說的，現在叫我怎麼上台……

後記

這篇文章寫的進展，不是我所喜歡的感覺。

不過我認為用這樣的方式去描寫一個大男人追求愛情的過程，是可以被接受的。

網路上留言的網友們，有很多人會批評這個男人過於自我，只是一味的追求自己的感情，都沒有想過這樣做傷害了多少一路和他走過來的女人。

然而事實上，我真的要說，愛情是自私的。

如果這樣的篩選可以讓這個男人得到最終想要的感情，其實也未嘗不可。

事實上為了避免有這樣的感覺產生，我也特地在文章最後，做了點小小的安排，可以讓自己愚弄自己一番，也算是輕鬆看待男人當初輕易分手的一種表現。

29 天使之翼

「那是孫婆婆說的天使……」

當我在街燈下第一眼看到他的時候，我心裡立刻浮現這句話。

的確，從他俊美的外表以及僅存的一隻翅膀看來，他的確是一枚不折不扣的天使。

我急忙撥了電話叫精靈馬車來幫我載回家。

在我十八歲生日的這個夜晚，遇見了我的天使，我記得在妖精的舞台劇中見

過，那個章節似乎是叫做愛情的開始。

我看著他熟睡的臉龐，不忍叫醒他，並想盡辦法要來醫治他。

打開我自己的夢幻豬撲滿，裡面卻只有三十五個鈴鐺。

我記得，要請醫師出外看診，至少需要五十個鈴鐺……

於是我和醫師達成共識，我會到他的診所去幫忙三百天，來補償不夠的十五個鈴鐺。

在醫師細心包紮天使的傷口後，他的燒已經慢慢退去。

而在一個禮拜過後的某一個我從診所打工回來的夜晚，我見到了起床的他。

「謝謝妳，我的名字叫做志明。」

得知了天使的名字後，我的臉竟然不自覺得漲紅了，讓我考慮是否要請醫師也幫我診斷一下。

「我……我是阿珍……」

志明並不多話，在我回家之前，他總是會很殷勤地將家裡打掃乾淨。而且，準備好一桌可口的飯菜。

我們會待在家一起看喜歡的電影。

和志明在一起，很快樂……

就如同妖精舞台劇的演出一般……

可是，我看過志明靠在窗邊仰望天邊的神情。

那是落寞的……偶爾他會抖動一下那剩餘的翅膀，卻像是會觸動他心底深處遺憾似的，令他很快收起。

我知道他想回到天上，再度翱翔。

我知道我應該詢問誰。

在天之巔、海之涯等候了兩百年的孫婆婆，是鎮上最懂得愛情的人。

「妳想知道要如何得到天使另外一邊的翅膀？」孫婆婆的頭還是緊盯著星空，

連瞧也不瞧我一眼。

我不知道她在等待什麼。

「是，是的，我希望志明他可以……再度回到天上。」

「哼，志明是那斷翅的天使嗎？」孫婆婆的一隻眼睛的眼珠子往上吊，看得我心裡發毛。

孫婆婆似乎不懷好意地沉默了一陣子後說道。

「好，我告訴妳，取得天使翅膀的方法就是……」

一個方法是在天之巔、海之涯——也就是孫婆婆一直棲息的地方，等待。等待其他天使偶爾飛過，不經意落下的羽毛，再將三百六十五片羽毛，織成一隻翅膀。

我想，這是孫婆婆在做的事情……

另外一個方法是——捨棄自己的夢想，用自己的夢想，打造一隻翅膀。

沒有夢想，是多麼可怕的事情。人生，將會完全黑暗。

但是，我無法忍受志明他遙望天空的那種無奈神情，那比我自己失去夢想還要來得令我難受……

而孫婆婆，聽說已經等了兩百多年了……

於是，在志明來到家中的第一百八十天的晚上，我下定了決心。

當晚，志明做了豐盛的法國菜，配上好年份的紅酒，這一切，多麼美好。

在享用完了最後一口鵝肝醬之後，我拿出了我的禮物。

「嗯？我也有東西要送給妳耶……」志明順手也從桌下拿出了他準備的禮物。

「我先幫你開吧……」志明打開了他的包裝，裡面放的是他身上僅剩的翅膀。

「志明，你……」

「我下定決心了！我不需要再飛翔了，對我來說，這裡，才是最溫暖的！」

我的眼淚，緩緩的，從臉頰下滴落。

而當志明看到我的禮物後，我們兩個看著彼此，都笑了。

這是愛情，我猜。

我帶著志明，想要去向孫婆婆道謝。

「孫婆婆，謝謝妳，謝謝妳教會我愛情。」

孫婆婆看著沒有翅膀的志明，大叫。

「什麼，為什麼，他的翅膀呢？」

志明笑著說。

「其實，飛翔不一定需要翅膀。因為，兩個人的地方，就是天堂吧！」

「不可能……不可能……」孫婆婆忽然瘋了似地站了起來，也顧不得仰望天空了。

「這不是愛情，這才不是愛情！」孫婆婆緊緊抓住我的雙肩搖著。

「妳用夢想幫他建構翅膀，然後……他就會飛走。飛走之後妳就會……一片黑暗……這才叫做愛情！這才叫做愛情！」

孫婆婆邊說邊走、半走半跳，沿路竟然將她多年收集到的羽毛，憑空揮灑。

「然後妳就會，像我一樣……在這裡苦苦等候，等候天使出沒的機會，幾百年後，妳就可以織出一對翅膀，妳才可以……自己……飛……飛去找他，哈……哈哈……這才是……愛情，這才是……愛情。」

孫婆婆的聲音越離越遠，漸漸地，我和志明，看不見她的背影了……

後記

這一篇故事，源自於我之前寫的天使之翼的飾品背後故事，不過，我將它以H的方式重新改寫，希望大家會喜歡。

不過也不知道大家有沒有看出來，我在文中對愛情的隱喻。

每個人認定的愛情，都是不一樣的。

有如瞎人摸象的成語故事一般，不會有人可以完全掌握愛情的全貌。

因此志明與阿珍的故事，到最後會不會變成另外一個孫婆婆，這也很難說。

只希望大家可以重新體會，在愛情中，失去平衡後，另外一半所遭受的折磨有多少。

像孫婆婆那樣堅信愛情的人，卻只因為一對和她結局大不同的情侶，而失去了自己對愛的堅持，不免令人唏噓。

30 新娘不是我

「我要結婚了。」Mark 很平靜地看著我說。

我的眼睛瞪得很大，但，笑了出來。

「騙人的吧，你要結婚？」說完後我繼續掩嘴笑。因為我只要一想到他那付頹廢風的髮型，要配合西裝禮服我就爆笑。

「是真的啦！就你上次看到的那個 Linda，她爸媽希望我們早點結婚。」

我看著 Mark 認真的臉，才停止了笑容。

「下下禮拜六早上，我們要去天母地方法院公證。」Mark 笑笑地說，像是甜蜜都洋溢在他的臉上。

「你說那個 Linda？那個穿起高跟鞋身材比例很不協調的？」我的臉色，應該是不太好看。

「別這樣說啦，我都還沒笑你那個矮冬瓜男友呢！」Mark 老是喜歡挖苦我交的男友。

不過，我的心頭，可真是五味雜陳。

我的英文名字叫做 May，他叫做 Mark，從大學時期，周圍的人就喜歡叫我們 M&M。我們兩個默契十足，不但是班上戲劇公演的編導二人組，更是課外活動組最喜歡叫我們一起主持的雙人搭檔。常常有鬼點子的他和執行能力超強的我，真可謂是絕配。

Mark 的身高有一百八十公分，而我則有一百七。走在校園裡，一直都是引人注目的兩個人。

然而，我們卻沒有交往過。

但我自己知道，大一那年，我就已經喜歡他了。

無奈大一的時候，他身邊一直有個甜美的女朋友，是從高中就一路陪伴他走過來的，無緣的我，只好在當年接受了學長的追求。

大三那年，Mark 分手了。

而我，為了要多點時間關心他，於是開始疏遠學長，不到三個月，我終於向學長提出分手。

但，就在我分手前的一個禮拜，他交了另外一個女朋友。

於是就這樣，每當他分手，我就想要分手去靠近他，無奈卻總是慢了一步。

現在，他卻對我說，他要結婚了。

「你和 Linda 交往多久呀？上次帶來不是說才交往兩個多月嗎？這樣就要結

婚了？」我儘量壓抑我自己的焦急，但語氣肯定不太正常。

「沒辦法，我也老大不小了，女朋友交過這麼多個，該是時候定下來了吧！」

我心裡喊著「那我呢？那我呢？」

「我是第一個和妳說的喔，夠朋友吧！」Mark 還拍了我一下肩膀，活像是把我當作哥兒們，更令人心酸。

「………」說不出話的我，呼吸急促了起來。

「我去廁所。」我趕緊起身，跑到廁所去。

面對鏡子，我告訴自己，這是最後機會，我再不清楚表達我的情感，我最愛的人就會成別人的老公了。

雖然這樣對我的矮冬瓜男朋友很不好，但，我真的愛 Mark。

於是我草率地傳了分手訊息給我男朋友。鼓起勇氣，打算做出我這輩子第一次的告白。

回到座位後，我們兩人搶著說話。

「我有話要說！」兩人異口同聲。

「我先說！」我怕我自己的勇氣一下子不見。

「May，讓我先說吧。」看到 Mark 的笑容，我又不得不依著他。

「Linda 是個好女孩子，我與她交往很開心。前天晚上她開口問我，要不要早點結婚，我說早點結婚很好呀……」

聽到這邊，我實在不想讓他往下講，我不想聽這些。

「Linda 說，『如果你想要早點結婚的話，趕緊開口和 May 說吧！』聽她說出這話，我整個人都傻了……」

我才整個人都傻了……

Mark 繼續往下說了下去。

「Linda 說，有眼睛的人都知道，我們喜歡彼此……於是，我和 Linda 分手了，只是我不知道怎麼向妳表白，才胡說八道了……」

聽到這裡，我的眼眶已經濕了……

「妳可以不要那個矮冬瓜，和我結婚嗎？」

我撲倒在他懷裡，整個妝都被淚水弄濕了……

Mark 撫摸著我的頭髮，笑問。

「那你要和我說什麼呢？」

我搖搖頭，繼續哭……

後記

「新娘不是我」這部電影，我是和年輕時候的女朋友去看的。

當時我的前妻，和她的男朋友去看了這部電影。

之後她來找我，說她看完電影後，就直接想找我。

在之後，我們就結婚了。

在之後，我們就離婚了。

很多人看了這篇短文，直呼好感動。

但我只想說，人們通常只想聽自己想聽的部份。

當然也有些網友關心起那個矮冬瓜。其實就如我文章常寫的，主觀的寫作方式，總是讓人覺得寫作者是對的。又怎知，May 不是個浪漫情懷，因地制宜的愛情氾濫者……

畢竟真實生活中的我，最後的結果是離婚了……那麼這篇短文中的這兩人，最後會如何，還真是有待商確呢……

31 愛情行事曆

認識 Thomas 是在一個私人的小型聚會上。

他不高，但是卻有著絕佳的穿衣品味。他的髮鬢，已經帶著點灰白色，不過這四十歲的年紀所帶給他的外貌，只有更多的優雅成熟，而沒有半點年老的感覺。

他擁有一家自己的公司，一台足以讓女人二話不說就上的跑車。

這一切，讓我不得不相信，他八成是個極度風流的人。

只不過，認識他的當天晚上，我還是和他接了吻。

一個禮拜後，我們開始正式交往。

我知道他曾經結過一次婚，卻不曾聽過他如今單身的原因。

而他總是對我說。

「單身的原因，就只是因為還沒遇見妳。」這種話。

我只能說，他是花花公子底的。

交往了一個月後，他依舊神秘，我依舊懷疑。

只不過這一天，出現了改變。

Thomas 毫無預警地發起高燒，我在一旁看著他，真是又心疼又竊喜。

高興的原因在於吃了感冒藥的他，睡得十分香甜。

而我心底暗自決定，拿出他的筆記本，在這個禮拜六，假裝是他的助理幫他赴各個約會，藉以得到更多資訊。

上午十點：忠孝東路○○○咖啡店與 Clair 見面

我很快地來到忠孝東路的咖啡店，準備赴 Claire 的早餐約。

「妳好，我是 Thomas 的新助理 April。Thomas 生病了，我專程過來和您說一聲！」假裝成他的助理，讓我心底感到十分有趣。

Claire 看著我，微微地笑著。

「也不需要這麼費工夫，打個電話來就可以了。」Claire 看來約莫三十出頭，從她的打扮看來，對於這個早晨的約會，她相當重視。

「嗯，那麼請問，有什麼重要的事情要我和老闆說的嗎？」我很想趕緊套出他與 Thomas 的關係。

「……對於一個甩掉我的男人，有什麼好說呢？」Claire 的眼睛在笑。

而我一聽到這話，臉上不自覺得的僵了。

果然……不是那麼老實的男人……

Claire 的眼神像是觀察著我似的，這時連嘴角都笑了。

「妳今天要幫他跑完行程呀？要應付很多女人可不是那麼簡單的事喔！」

我的臉色有點鐵青，只好擠出笑容。

「不會的，替我們老闆辦事，這是應該的。」

走出咖啡店，我相當沮喪。

才試了第一個約，就已經破功了。

站在路口徘徊的我，自己與自己對話了起來。

「離婚了幾年，交一、兩個女朋友有什麼關係。」

「反正大不了就是和他分手，再繼續看下去也沒什麼不好。」

中午十二點：敦化北路〇〇〇餐廳與 Vannesa 吃飯

「妳是 Thomas 的助理？」眼前這位稱作 Vannesa 的女性，穿著剪裁合身的套裝，膝蓋以上的窄裙將她的一雙長腿修飾的美不勝收。

「那麼，他有提過我的事情嗎？」

「他到底有沒有女朋友呢？」

「他最喜歡吃什麼呢？」

這一餐，吃得我索然無味，完全就像是歌迷抓著經紀人追問偶像的私事。

就算這是別人主動邀約，聽在我耳裡，還是不免吃味。

草草結束後，我心中的天使魔鬼，再度交戰在十字路口……

「這男人也太糟了吧！」

「是人家喜歡他，又和他沒有關係……」

拗不過自己對他的好奇，只好前往下一個目的地。

下午三點：與 Maggie 在老地方約會

看到這句，我真的是火都上來了。重點是，我根本不知道老地方在哪裡！連想要去看看這個女人，揭穿 Thomas 劈腿和我在一起的機會都沒有。

走在小公園旁，我竟然哭了。

我被自己的眼淚提醒了，我對這男人，認真了。

我不願意不經他的口中證實我想像的一切，於是我決定前往最後一個行程。

下午六點：在 Maria 新家吃飯。地址：○○○

那是在天母山上的一棟別墅。

我表明身分後，管家開了門讓我進去。而在房內迎接我的是一位非常高貴的婦人。

看著這位婦人，我再度想起 Thomas 的荒唐行為，讓我心裡很不好受。

「妳是 Thomas 的助理？」婦人非常親切地笑著。

「是。」我想是因為我的心灰意冷，以至於我連報上名字的禮貌都擱置了。

「那太好了！」婦人忽然不懷好意地笑著。

「妳認識一個叫做 April 的女生嗎？」我愣住。

原來這些女人也都很神通廣大，還好剛才我的不禮貌沒有讓我的身分洩漏。

「是的，我見過幾次。」來吧，我看你想要怎麼批評我。

「是個怎樣的女生呢？」婦人興致越來越高的盯著我看。

「是個美女！超級美女、心地又好、人又漂亮、笑起來兩個酒窩掛在嘴邊、對人和善、工作能力又強、燒得一手好菜、身材更是好到讓男人愛慕、女人羨慕……」。

我摸了一下自己的臉頰，沒有紅。

「……這麼完美……」看起來換婦人愣住了。

我心裡竊喜著，這下子妳們知難而退了吧。

忽然從旁邊走出一個人。

「怎麼把自己形容的這麼貼切呢？」這一番話說得我心頭大吃一驚，回過頭一看，竟然是早上那個曾經被 Thomas 甩掉的 Claire。

「妳……」我真的尷尬了，讓自己處在最糟的情況裡面。

Claire 緩緩的走到婦人身邊。

「媽！她就是 April 啦，老哥這麼多年一直不肯再交女朋友，就是為了等到她……」

媽？老哥？我一時之間，完全抓不著頭緒。

「April 你好，我是 Thomas 的妹妹，Claire。這位是我媽，Maria。」Clair 俏皮地笑了笑。

「今天早上和妳開個玩笑，別介意喔！」看著 Claire 的表情，我恍然大悟，放下了心中大石。

寒暄幾句之後，我決定趕緊離開，回家照顧可憐的 Thomas。

「對了，我可以冒昧的問一件事情嗎？」

「請說。」Claire 甜美地看著我。

「妳認識一個叫做 Maggie 的女生嗎？」

「是大嫂……十年前車禍過世了。我哥每個周末幾乎都會上去看她一下……」

我微笑著。

後記

女人通常矛盾。

女人通常愛的是受歡迎的男人，然而卻對這樣的男人，非常不放心。

女人通常認為自己很美，但是等到與男人交往時，又會懷疑自己不夠美。

這篇文章，也是因此而產生的。

在一個男人的手機通訊錄中，找到了八成以上的女性電話，這是好事，還是壞事？

女人一方面又希望自己男人受歡迎，一方面又希望自己男人都不要和任何女人來往。

受歡迎的男性豈能如此冷漠？

等到男人只能與你相處的時候，那種男人在女人面前的魅力，會逐漸消失。

這時候妳還愛嗎？

32 同學會

「妳男朋友好體貼喔！」

聽著珊珊描述著他與雙魚男的相處，我不由自主脫口而出。

的確，誰不希望自己的男人每天噓寒問暖、三不五時小禮物送到，把自己保護得像個小公主似的呢？

一想到這裡，我就想起那個因為要出差，不能和我一起來參加同學會的死胖輝，出差前還因為這事情被我罵了一頓。

「輝哥對你也很好呀，幹嘛這麼說。」

我知道這是珊珊體貼人的地方，她總是覺得大家的男朋友都很好。

「算了吧，那個死胖輝自從畢業以後，沒命似地工作，也不知道他在拼什麼？」

珊珊笑著看著我，像是我很幼稚似的。

「怎、怎樣，我又沒說錯……」我則是略感心虛。

我不是不知道胖輝努力工作的目標，但我總是覺得平時浪漫一點會過得更好吧！

一年一次的同學會，就這樣連續辦了七年，大家也都不那麼年輕了！

阿平的頭髮開始稀疏、「劉董」跟「皮猴」幾個男生，也都漸漸胖了！

不過特別的是，今年至少有超過八成以上的老同學回來聚會。我想，這是因為『那個』的關係吧！

所謂的『那個』，就是我們仿效電影裡面的時空膠囊，要大家在畢業時，寫下當年的心願，並且規定，只要每一年的同學會，出席的人裡面超過半數贊成的話，那麼就會在這一年打開時空膠囊，將大家當年的心願宣讀出來。

但先前都無法超過半數。

我心想：「今年應該大家都不想錯過，所以出席率這麼高。」喝了一點酒，又沒有胖輝在身旁的我，任性的個性逐漸顯現出來！

「好啦！今年換我來提議，就來把那個打開吧！」我高舉酒杯，扯著喉嚨喊著。

只見皮猴和珊珊幾個人看看在場的人，應聲叫著。

「好呀！來投票吧！贊成今年打開的人舉手！」沒想到，一聲令下，竟然接近全數的人都舉手了！

「這……」阿輝沒來呀，怎麼可以今年開呢？我真是後悔我胡說八道……

於是男人們拿鋤頭的拿鋤頭、拿畚箕的拿畚箕，開始在那顆樹下挖了起來。

真是令人懷念，那顆時空膠囊，就這樣在睽違七年之後，又出現在大家的眼前。

皮猴拿出了裡面所有的紙張，上面記載了所有人在當時寫下的心願。在過了七年之後，以現況比照當時的願望，真是有種奇妙的感覺。

「小妹，過來呀！今年是妳提議的，由妳來宣讀大家的心願。」

唉！胖輝不在，我實在提不起勁，這種重要的時候，應該要兩個人一起的。心不甘情不願的我從皮猴手上接過了那堆許願紙，拿出第一張。

「珊珊的心願……」第一個就拿到珊珊的，這個我從大學時期最好的朋友。

「希望小妹願意嫁給輝哥！」念著珊珊的心願，我的眼眶不禁紅了，這麼重要的心願，珊珊竟然用在我的身上……

「珊珊，謝謝！」在大家的掌聲中，我衷心地說著，並且繼續拿出第二張紙。

「接下來是阿平的願望……」

「希望今天以後，小妹可以和輝哥走上紅毯。」我看著阿平，只見阿平對我眨了眨眼睛，像是在暗示什麼似的。

在我念完阿平的願望後，又是一片掌聲。我感到哪裡不對勁，卻說不上來……

於是我快速地翻了後面的紙條。

「願小妹、阿輝結為連理！」我又翻了下一張。

「祝阿輝抱得美人歸！」我逐漸知道，這不像是巧合，因為這些願望，都是早在七年前，就已經寫下的……

我看到了胖輝的願望紙……

「希望今天，全班同學祝福我和小妹，走入禮堂，讓我用掉這我一輩子只做一次的浪漫！」一邊唸著胖輝的許願紙，我一邊聽到了大家的鼓譟。

阿輝，出現了……

阿輝捧著一大束花，緩緩的走到我面前，單腳跪下。

「我沒有太多時間與金錢對妳浪漫，因為我知道我需要花更多時間與精力去打拼事業，讓妳的下半輩子，可以隨心所慾、幸福快樂！因此，在畢業那年，我預支了全班同學的心願，來完成這次，我這一輩子只做一次的浪漫。小妹，嫁給我吧！」

在全場同學的掌聲中，我的眼淚流了整臉。

我點了點頭，牽起阿輝的手。同時實現了全班同學，七年前一起許下的願望……

後記

為了寫腳本，我在年輕的時候做過許多功課。

其中包括了從我看過的電影、小說、散文、漫畫……等各類資訊中，整理出各種會讓人感動的點、發笑的點、流淚的點、興奮的點。

而這篇文章，就是在我從感動的點中，所抓出的一個要點。

那就是長時間的計畫。

會讓人感動，通常都是在瞬間感受到用心，而那樣子的能量是很巨大的。

要在一瞬間讓人感受到那樣的能量，通常一生之中做不到幾次。

而事實上，這樣的感動，通常都不太實際的。

有種男人，很擅長說感動人的話。只不過，那樣的感動，通常讓妳感受過後，

你就會發現現實與感動之間的差異。

希望女人們，慎防這樣的感動出現。

並且懂得拆穿。

33 Focus Group（集體訪談）

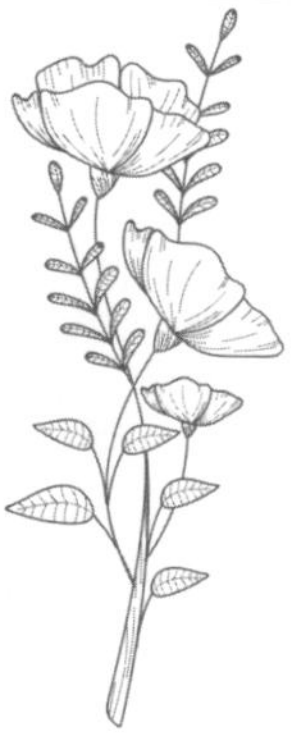

「庸俗……」隔著玻璃，透過麥克風，我清楚聽到這群男人低級的口吻，訴說著自己英勇的事蹟。

真的，聽多了……

我是 Grace，外商公司行銷經理，今年三十六歲，未婚，也沒有男朋友。

不是交不到，而是不屑。

自從二十五歲那年被劈腿分手後，我對男人，和對待一般雄性動物的態度沒有兩樣。

男人，只有性。

平均一個月會有三個男人追求我，但是平均一個月會有十個男人想要挑逗我。我看透了這一切，任何甜言蜜語，用心動情的背後，都只有他那下半身的動機。就算是原本起於心靈層次的愛意，也是那麼輕易地就可以被慾望給支配。

「Grace，妳又來了，妳的標準太嚴格了……」我的部屬 JJ，也是一個曾經有過上述念頭的雄性。

「別怪我，偏偏讓我做這樣的工作，更是看得透徹。」看著玻璃後面的那群男人，我看了一下手錶，發現這一場的時間，已經差不多了……

「JJ，我出去買杯咖啡，下一場是七點吧？」不等回覆，我自顧自地走到樓下便利商店補充我的精神。

輾轉做過了幾種民生消費品後，我在去年來到了這家保險套公司。

用了幾種行銷手法，都不是太能夠有效提升這個產品的營業額，於是老闆要我試試集體訪談（Focus Group）的方法，進而瞭解消費者的心理與喜好。

而這項測試，簡單的講，就是將一群目標消費族群，請至一間密室，透過主持人詢問關於產品以及品牌的相關問題，藉以得知市面上大眾的心態。

而我們，則是負責躲在密室內的特別隔間，透過特殊玻璃，觀察消費者的心態。

我看得見他們，他們看不見我。

在這種關於男女性愛的商品上，做這樣的問卷，可以很顯然地看到男性朋友，對於這事情的雄性自大以及不體貼，更是讓我對男人倒盡胃口。

一手握著咖啡，我不自覺得被馬路對面的一對老公公與老婆婆給吸引了。兩人牽著手，緩緩走過馬路，就像是小學生一樣。

我心想，到了這幾乎沒有性愛的年紀，還能這般珍惜對方，才是我想要追求的吧。

但，有時候，我也想要點激情……

七點。我回到了那密室的玻璃後方，繼續傾聽一堆男子，誇張地炫耀自己的事蹟。

「性不是全部，如果對方有一絲一毫的不願意，我都會停止。如果對方有絲毫的慾望，我會刻意表現得像是自己很想要！」

這段話，來自於一個打扮乾淨斯文的男士，靜靜地坐在一堆雄性當中。

「您理想中的男女關係為何？」主持人引導著他，想要得到更多來自他的發言。

「可以的話，我希望和對方保持就算沒有性愛，也可以如情侶般牽著手過馬路，直到老去的關係。」

這段話，像個引子，把我心跳的頻率調高到了轉化成動能的地步。

沒多久，訪談結束，我隨便掰了個理由，逃離出同事周圍，一路往樓下衝，左顧右盼的我，在剛才的便利商店裡面，看到他了。

他正喝著我剛才喝的咖啡。

我在他面前晃著，他並不理會我。重點是我隱身在密室的玻璃後方，他也完全沒看過我。

他緩緩走出商店，我不知該怎麼表達我的好感，只好亦步亦趨的跟著他，這時候，我有點獵人般的興奮。

走了幾分鐘後，可能我真的跟得太近了，他忽然回頭了。

「請問，有什麼事情嗎？」近距離，我看著他的眼睛，覺得好美……

「ㄟ……我……」一下子掰不出理由的我，無法想像自己有多糗。

「……我是剛才那個訪談的……產品公司的人……不知道你對剛才的訪談……有沒有什麼意見？」很蠢，真的……

他笑了笑。

「剛才講很多話，我想去喝杯酒。」我不確定這是否是邀約，不過我很快回答了。

「好呀！」他一臉錯愕，不過可能是看著我這麼主動，他也不好說什麼。

酒吧裡，我們聊著我以前的傷痛，聊著他對女人的觀感，我無法想像，這個男人，竟然與我這麼的契合。

我早該認識他。

而我透過這種特殊的工作機會，可以窺探他的內心世界，不禁讓我對自己的工作偷偷加了幾分。

當晚，我得到了暌違近十年的性愛。

重點是，我找到了一個真心對待女性的男人。

半夜，我在旅館醒來，發現他在陽台看著夜景。我帶著幸福的笑容悄悄靠近他，聽到他講手機的聲音。

「JJ，你說得對，你主管真的很辣，而且完全就是喜歡你說的那種男人！」

後記

實際做過幾次（Focus Group）的我，對於這樣的調查，感到相當有意思。可以聽到別人毫無忌諱的談論著關於你想知道的事情，甚至還可以在背後很仔細地觀察這樣的人的想法。

這篇文章的靈感就是這樣而來的。

假如說在這樣的環境下，聽到了一個和你心靈相通、想法一致、觀念雷同、讓你有找到知音感覺的人，你會怎麼想？

我想，我會愛上她。

然而，在那樣的環境下講出來的話，就一定代表著她的真心嗎？

其實在實際做 Focus Group 的時候，還要考量一起受訪的人所產生的化學反應，甚至連主持人問問題的方式，也都要非常講究。

會有這樣故事的產生，還是源自於 Grace 太寂寞了……

就算今天這個男人不是與 JJ 串通的話，Grace 還是有可能遇到不好的人……

34 聽見「我愛妳」

我的世界裡面一直是安靜的。

沒有塵囂、沒有噪音、沒有哭泣聲，甚至沒有音樂……

原因很簡單，我聽不見……

我是個聾子。

生活中倒也沒有什麼大問題，可能比較麻煩的是，從背後來的人，我永遠沒發現；從天上掉下來的，我也從不會察覺。

不過我有不少朋友。

大家愛護我、關心我、保護我。我和同年紀的女孩子，一直處得非常好，因為我安靜，我不干擾別人。

而大家也樂於陪伴我。

一直到，惠惠開始沒有空陪我上下學，我才驚覺，原來，這世上有種事情，叫做愛情。

我聽不到。

我聽不到他們討論愛情的細節，但我可以感受到他們對愛情的敏感。

在一次次我看著別人擁抱愛情而冷淡我之後，我心裡，聽到了自己的聲音。

我也想要愛情。

但，我不行。

我在河畔邊哭著，一張張寫著「我要我的愛情」的紙片，不間斷地飄落在河中。

我哭得累了，在太陽下山之前，我擦乾了眼淚，準備回到那個沒有愛情的家中。

回家路上，我被你攔住了。

你喘著，雙手插著腰，但，全身是溼的。

我看不出你是因為流汗還是什麼原因，但是我知道，剛才並沒有下雨。

你喘氣了將近十分鐘，半句話都說不出來。

但是最後，你拿出了一張已經濕爛透的紙。

我認得出來，那是我寫的字。

你雖然低頭喘著，但是抬頭時看著我笑的眼神，我這輩子都不會忘的。

於是我們開始出去散步、我們開始出去看電影，我想你是因為體貼我聽不到，因此你從來不對我說話。

直到有一天，我看到路人來向你問路，我才發現，你不能說話……

你是啞巴。

路人離開後，你不停偷偷看我的表情，我知道這種心態，我何嘗沒有過，我多麼害怕在一個正常人面前，忽然被發現我聽不到聲音。

於是我牽起你的手，在你的手上寫著「我是你的愛情」六個字。

你的眼眶放出一種光芒，是我從來沒有看過的，而我相信，你了解了我的意思，我們對彼此更加信賴。

我們到郊外看星、到山上看雲、騎單車兜風、乘愛情遊街。

我的世界依舊是安靜的，但卻安靜地那麼美麗。

直到某一天，我看見公園的座椅上，那對男孩、女孩。

女孩的臉上洋溢著幸福，濃郁得就像五官都是由快樂所製作而成。而我不解的看著那男孩的嘴型，他緩慢而誇張地說著幾個字：

「我、愛、妳。」

我的心一下子跳得很快，我很想體會，但我知道我太奢求了。

但，我的神情，被你注意到了。

過了沒幾天正好是情人節。我們倆個非常期盼這個屬於情人的節慶，而我們又是第一次擁有這樣的身分。

於是我去了美髮院、去了精品店、去了服飾店。

我想要將自己打扮成你的公主一般，讓我們真正快樂的迎接這個屬於你我的日子。

只是時間到了，你卻沒到。

而時間過去了幾個小時，你依然沒到。

我拎著我的公主造型，四處尋找你。

我心想，在這個重要的日子裡，兩個人不可以不在一起的。

於是我像掉了玻璃鞋的灰姑娘，四處奔跑著。

終於，在那個我們曾經一起寫生的樹林中，我看見了你。

我看著你的背影，不停地用著力。

而我慢慢走向你，你並沒發覺。

當我走到你的正後方時，我知道了你在做什麼。

你正對著深邃的森林，大喊著。

用你那發不出聲音的喉嚨，嘶吼著。

看著你身邊放著的耳環，我知道，那是要送給我的禮物，而我也知道，你希望在送我禮物的同時，告訴我那三個字。

我最想聽到的三個字。

看著你不斷因為用力而抽蓄的肩膀，我的眼淚不聽話地掉了下來。

我安靜地拿起你要送我的禮物，戴在自己的耳朵上，抱著你的肩膀。

「聽到了，我聽到你說『我愛妳』了……」

同時，我相信我的臉上，洋溢著如同公園的女孩般，幸福的表情。

後記

買個早餐，算不算說了「我愛妳」……

接送上下班，算不算說了「我愛妳」……

默默地將家裡打掃了，算不算說了「我愛妳」……

一個木訥的人送了禮物，算不算說了「我愛妳」……

在愛情裡，要求太多、做得太少，通常都會造成反效果。

聽不到的女生，代表著看不到人家心意的人。說不出的男生，代表著不懂花言巧語的人。雖然這是個飾品背後故事改寫的短文，但這篇文章卻貫穿了我這本書最想說的一件事情——

就是「溝通」。

當你認為對方愛你時，對方做的事情都像是在說「我愛妳」。

反之，則反。

愛小說 02

還沒聽見我愛你

出版發行
橙實文化有限公司 CHENG SHI Publishing Co., Ltd
粉絲團 https://www.facebook.com/OrangeStylish/
MAIL: orangestylish@gmail.com

作　　者　H
總 編 輯　于筱芬 CAROL YU, Editor-in-Chief
副總編輯　謝穎昇 EASON HSIEH, Deputy Editor-in-Chief
業務經理　陳順龍 SHUNLONG CHEN, Sales Manager
美術設計　楊雅屏　Yang Yaping
製版／印刷／裝訂　皇甫彩藝印刷股份有限公司

編輯中心
ADD／桃園市中壢區永昌路 147 號 2 樓
2F., No.382-5, Sec. 4, Linghang N. Rd., Dayuan Dist., Taoyuan City 337, Taiwan (R.O.C.)
TEL／（886）3-381-1618 FAX／（886）3-381-1620
MAIL: orangestylish@gmail.com
粉絲團 https://www.facebook.com/OrangeStylish/

全球總經銷
聯合發行股份有限公司
ADD／新北市新店區寶橋路 235 巷弄 6 弄 6 號 2 樓
TEL／（886）2-2917-8022　FAX／（886）2-2915-8614

初版日期 2023 年 2 月